ROSTINHO
Bonito

Mary Hogan

ROSTINHO
Bonito

Tradução de
RAQUEL ZAMPIL

Rio de Janeiro | 2011

CIP-BRASIL. CATALOGAÇÃO-NA-FONTE
SINDICATO NACIONAL DOS EDITORES DE LIVROS, RJ

H656r   Hogan, Mary, 1957-
         Rostinho bonito / Mary Hogan; tradução de Raquel Zampil. –
         Rio de Janeiro: Galera Record, 2011.

         Tradução de: Pretty face
         ISBN 978-85-01-08608-2

         1. Obesos – Ficção. 2. Autoaceitação – Ficção. 3. Romance
         americano. I. Zampil, Raquel. II. Título.

                                    CDD: 813
11-1458   CDU: 821.111(73)-3

Título original em inglês:
Pretty Face

Copyright © 2008 by Mary Hogan

Todos os direitos reservados. Proibida a reprodução, no todo ou em parte, através de quaisquer meios. Os direitos morais do autor foram assegurados.

Design de capa: Celina Carvalho

Direitos exclusivos de publicação em língua portuguesa somente para o Brasil adquiridos pela
EDITORA RECORD LTDA.
Rua Argentina 171 – Rio de Janeiro, RJ – 20921-380 – Tel.: 2585-2000
que se reserva a propriedade literária desta tradução

Impresso no Brasil

ISBN 978-85-01-08608-2

Seja um leitor preferencial Record:
Cadastre-se e receba informações sobre nossos
lançamentos e nossas promoções.

EDITORA AFILIADA

Atendimento e venda direta ao leitor:
mdireto@record.com.br ou (21) 2585-2002.

Para Bob, o meu Enzo

Agradecimentos

Mille grazie à minha incrível editora, Amanda Maciel, que jamais fez uma sugestão de que eu não gostasse e pensasse: "Mas é claro!" Um milhão de obrigadas também a Laura Langlie por sempre me dar o conselho e a orientação corretos. E minha enorme *gratitudine* às pessoas da linda Assis, na Itália, por suas calorosas boas-vindas e excelente (!) comida. Mal posso esperar para voltar.

Um

Minha mãe comprou uma balança digital para mim.

— Assim você não pode mentir para si mesma — disse ela. Eu a fuzilei com o olhar, meu pé direito projetando-se à frente.

— Meu Deus, mãe — zombei. — Puxa, *meu Deus*.

O que mais eu poderia dizer? Ela estava totalmente certa. Ontem manobrei minha velha e enferrujada balança analógica por todo o chão do banheiro à procura da leitura mais favorável. O fato é que você pode tirar uns dois quilos de seu peso se apoiar metade da base da balança no tapete do banheiro, deixar os dedos do pé penderem na frente da balança e apertar os olhos.

Agora não tenho essa sorte. A balança digital não lê nada se não estiver numa superfície plana. Muito obrigada, mamãe.

Por trás da porta trancada do banheiro, faço xixi, jogo longe os chinelos, deixo cair o roupão, tiro a calça do pijama e passo a camiseta de algodão pela cabeça. Respirando fundo, expiro com força, expelindo todo o ar do meu corpo. Contraio-me toda, o máximo possível. Então subo na minha nova balança digital.

Ouço um ruído.

Bipe. Então uma voz robótica, em volume alto.

— Sessenta e...

Horrorizada, desço correndo da balança. Minha mãe me deu uma balança que fala? Ela está louca? Não só tenho de ver o número inchado brilhar para mim acusadoramente naquela luz verde horrenda, como tenho de *ouvir* a má notícia também? O que mais ela dirá?

Depile as pernas, sua preguiçosa. Ir à pedicure vai matar você? Acha que um dia vai ter um namorado com essas coxas?

Mamãe grita pela porta fechada do banheiro.

— Estou ligando para o Dr. Weinstein.

— Mãe! — grito de volta. — Posso ter um pouco de privacidade?

— Seu irmão pesa menos do que você, Hayley. Quer pesar mais do que um garoto?

— O cérebro dele tem apenas trinta gramas. O meu está cheio de conhecimento pesado.

Mamãe cola a boca no batente da porta.

— Só estou pensando na sua saúde.

Reviro os olhos e abro o chuveiro.

— Se continuar assim — diz ela na fresta da porta —, vai ter o peso de duas pessoas.

— Eu sempre quis ter uma irmã — replico. Então entro embaixo do chuveiro e deixo a água quente abafar a voz da minha mãe.

A terrível acusação da balança ecoa pelo meu cérebro. Quinze quilos a mais do que eu deveria ter. Se ao menos eu fosse mais alta — 1,80m em vez de 1,65! Fecho os olhos, apertando-os, e, enquanto me ensaboo, sinto a curva repulsiva da minha barriga, que mais parece uma bola de boliche. Meus braços são flácidos e roliços. Até os dedos do meu pé são gordos.

Eu me odeio.

Abrindo a água fria, sinto a pele queimar. Fico ali embaixo o máximo de tempo que consigo.

— Hoje — digo em voz alta — vou ser *boazinha*. Salada no almoço. Sem molho.

Lavando e enxaguando rapidamente meus cabelos castanhos compridos, saio do chuveiro e pego uma toalha antes que possa ver meu reflexo pavoroso no espelho enfumaçado do banheiro.

— Isso — repito. — Hoje vou ser boazinha.

Mamãe já foi embora. Resmungando com papai em algum lugar, sem dúvida. O que é bom, pois não estou nem um pouco a fim de aturar um de seus sermões sobre controle de porções. Não há nada pior do que uma ex-gorda que encontrou Deus nas frutas, verduras e legumes frescos.

— Se eu posso, você também pode! — diz ela constantemente.

— Você sabe calcular a raiz quadrada de 64? — perguntei a ela uma vez.

— Hayley... — disse ela, com um olhar de desaprovação.

— Está vendo? — repliquei. — Não podemos fazer tudo. *Existem* diferenças entre nós duas.

Mamãe não entende. Eu *quero* ser magra. Que droga, é claro que eu queria ser a America's Next Top Model, nem que fosse para arrasar as outras anoréxicas. Mas alguma coisa dá errado todas as vezes que eu tento. Não sei o que é. Acho que sou impropriamente equipada. Minha necessidade de comer é mais forte do que meu desejo de — literalmente — me ajustar.

De pé diante da porta aberta do meu armário, remexo em minhas roupas. Então deixo escapar um gemido. Eles conseguem levar uma sonda lunar para Marte! Por que não podem fabricar um jeans que não faça minha bunda parecer Júpiter?

Dois

Hoje é um dia de sol. É claro. Os dias são sempre de sol no sul da Califórnia. E nessa manhã até as calçadas têm um brilho amarelo. Jackie me espera na frente da sua casa, comendo uma barra de granola.

— Toma — diz ela, entrando no meu carro. — Trouxe uma para você.

— Eu já tomei café — minto.

— Então tá.

Jackie abre o porta-luvas do meu velho Saturn e joga a barra de granola lá dentro. Apoia os pés no meu painel e eu sigo para a escola.

— Conhece Randy? Aquele idiota da minha turma de Desenho Gráfico?

Faço que sim com a cabeça.

— Ele me mandou por e-mail uma montagem no Photoshop de uma mulher feita com partes do corpo de várias modelos.

— Que criativo — digo secamente.

— Era tipo o peito direito da Gisele, a perna esquerda da Naomi, o umbigo da Kate...

— Entendi.

Dobramos à esquerda na La Mesa Drive, e novamente à esquerda na Ocean.

— O estranho é que ela ficou maravilhosa.

— Quem? — pergunto. — Gisele? Naomi?

Jackie resmunga.

— Você está me ouvindo, Hayley?

— É claro que estou — respondo.

A verdade é que não estou. Não totalmente. Jackie tagarela assim todos os dias. Ela é uma daquelas "pessoas matinais". Não sei bem de que hora do dia eu sou. Provavelmente da meia-noite, quando está escuro e tão silencioso que nem mesmo as balanças falam.

— O que você estava dizendo?

Jackie e eu somos melhores amigas desde que a Sra. Rafter nos colocou como dupla para uma escalada com corda na aula de educação física da sexta série. Nenhuma das duas chegou muito alto. Eu me senti humilhada, convencida desde o início de que meus braços flácidos jamais poderiam içar meu peso por uma cordinha fina. Jackie foi mais filosófica em relação à situação.

— Eu vou ser uma designer de moda — ela disse. — Se isto fosse um *colar* de corda, eu estaria interessada.

Ela subiu alguns centímetros, indiferente, enquanto eu bufava e ofegava, ficando com o rosto vermelho.

Finalmente desistindo, eu disse:

— Talvez eu seja designer de moda também.

Nós rimos. Gostei dela instantaneamente, apesar de ela ser magra e poder comer como um motorista de caminhão. Pelo menos não é loura. Somos ambas morenas. Embora, eu devo admitir, Jackie tenha uma personalidade loura. Quanto a mim, digamos apenas que eu sou lamentavelmente carente de realces de qualquer tipo. Jackie passa pela vida como se cada momento fosse seu primeiro. Ela enfrenta situações novas de peito aberto. Chegou até a desativar o identificador de chamadas de seu celular, dizendo: "Para que estragar a surpresa?"

Eu quero sempre saber o que está prestes a me atingir. E me preparo para uma queda de braço com a vida mesmo enquanto observo minha melhor amiga abraçá-la. Como na semana passada, quando reuni coragem para perguntar a Drew Wyler se ele queria me encontrar na Promenade esse fim de semana. Ele disse:

— Claro. Jackie vai também?

— Você quer que ela vá? — perguntei a ele.

— Por que não?

Atordoada, passei a semana toda dissecando nossa conversa. Ele queria *sair* com minha melhor amiga? Ou simplesmente é mais divertido quando ela está junto? Será que ele estava perguntando só para ser educado, porque Jackie e eu estamos *sempre* fazendo compras juntas na Promenade?

— Drew é legal — comentou Jackie, inocentemente, quando sugeri nosso encontro a três. — Mas eu pensei que você gostasse dele. Por que quer que eu vá?

O que eu poderia dizer? *Eu não quero. Drew é que quer? Mas será que quer mesmo?*

Fingindo indiferença, não respondi. Jackie deu de ombros e esqueceu o assunto. Mas eu pensei nele obsessivamente por dias.

Por que tudo é tão difícil?

— A questão — diz Jackie no carro — é que as partes do corpo das modelos são intercambiáveis. Independentemente de como você as misture, o resultado vai ficar bonito. Embora Randy seja um imbecil, acho que ele fez uma declaração social interessante. Você não acha?

— As modelos são perfeitas! Ligue para o noticiário das seis!

Quando Jackie, brincando, me faz o sinal com o dedo médio, percebo que até mesmo seu dedo é muito mais fino que o meu.

— Tem tempo para dar um passada no Starbucks? — pergunta ela.

Olho o relógio em meu braço.

— Se não tiver fila.

Com uma última virada à esquerda no Wilshire Boulevard, entro no estacionamento da Starbucks, a três portas da escola. Jackie salta.

— Um Strawberry Frap?

Suspiro. Um frappuccino de morango gigante com chantili tem 750 calorias. Eu já pesquisei. Embora meu estômago esteja roncando, vou ser uma boa menina hoje. Meu objetivo: fazer com que minha nova balança sussurre elogios em meu ouvido. *Eu mal posso sentir você. Quem precisa de pernas depiladas quando elas ficam assim tão bem de calça comprida?*

— E então? — Jackie pergunta.

— Certo — digo, pegando dinheiro na minha mochila. — Mas só um médio. E sem chantili.

Jackie entra apressada na loja. No momento em que ela desaparece do meu campo de visão, abro o porta-luvas e devoro a barra de granola sem nem sentir o que estou fazendo.

Três

A Pacific High fica a cinco quadras da praia. Nosso apartamento fica a pouco menos de um quilômetro e a casa de Jackie pouco mais do que isso. Poderíamos ir a pé para a escola, mas estamos em Los Angeles — Santa Monica, para ser exata — e as únicas pessoas que andam a pé são os mendigos e as faxineiras.

O sinal da escola toca no momento exato em que estou sentindo o último e refrescante gole do Frap deslizar por minha garganta.

— Almoço no Baja Fresh? — grita Jackie, correndo para a sala de aula. — É dia de sanduíche de almôndega na cantina.

— Sim, está bem — grito para ela. Tem salada no Baja Fresh, certo?

Alisando meu cabelo liso na nuca, olhando os dentes à procura de manchas de gloss e me certificando de que os bolsos estão planos no meu jeans apertado demais, entro na sala da primeira aula.

— Oi — diz ele quando me curvo na carteira ao lado da dele.

— Oi — repito, encolhendo a barriga.

Seu cabelo cor de areia nem está penteado e ainda assim ele está maravilhoso.

Drew Wyler e eu estamos no Inglês Avançado juntos. Motivo pelo qual meu cérebro está tão sobrecarregado de manhã. O amor é pesado. Assim como a literatura. Quando não estão nos empurrando Shakespeare garganta abaixo, é Homero. (Infelizmente, não se trata de Homer Simpson.) E eu não ligo a mínima para o quanto Nicole Kidman estava bem naquele filme sobre Virginia Woolf; *Mrs. Dalloway* é ilegível. Até que gostei de *O Grande Gatsby*, que li durante o verão. Por que mais clássicos não tratam de caras ricos e bonitões que se apaixonam pelas mulheres de outros homens?

Eu me apaixonei por Drew no primeiro dia de aula.

— Este é o primeiro nível do *Inferno* de Dante? — ele me perguntou, apontando a lista de leituras do semestre.

Eu sorri, rígida, perplexa demais com sua referência literária para responder. Será que ele já tinha lido Dante? Embora esteja no terceiro ano da escola secundária, é meu primeiro em Inglês Avançado. Será que eu já estava irremediavelmente atrasada?

Os olhos negros de Drew espiavam através dos óculos de John Lennon. Os cabelos ondulados caíam-lhe na testa e cacheavam em torno das orelhas. A concavidade das maçãs do rosto formava reentrâncias que pareciam perfeitos parênteses invertidos.

Logicamente, Drew Wyler estava fora do meu alcance.

No entanto, como se pode dizer ao seu coração que não se arrisque?

— Você viu essa ementa gigantesca? — perguntou outro aluno.

Assenti. Mas estava mentindo. Eu só tinha olhos para Drew.

Eu tinha visto Drew Wyler pela escola o ano passado inteiro, e algumas vezes no píer. As garotas viviam em torno dele, mas ele nunca ficava com ninguém em particular. E era um segredo mal guardado que ele não morava em Santa Monica. O tio dele tinha um apartamento na Marguerita Avenue, que ele usava como o endereço que lhe permitiu entrar na Pacific High. Ouvi dizer que ele morava em Inglewood, uma localidade para a qual era preciso pegar a autoestrada. Mas ele nunca admitira, pois se o diretor descobrisse, ele seria posto para fora.

— Hã, a que horas você prefere no sábado? — pergunto-lhe baixinho.

— Sábado?

Meu coração murcha. Ele já esqueceu?

— A Promenade? — digo. — Dar uma volta?

— Ah, sim.

Ele se abaixa e puxa o caderno da mochila. O Strawberry Frap paira gelado na minha barriga.

— Podemos ver qualquer filme de graça — digo, inclinando-me no corredor que nos separa, tentando não parecer tão desesperada quanto me sinto. — Trabalho meio expediente no Cineplex.

— Hayley?

A Sra. Antonucci, nossa professora, me olha com as sobrancelhas levantadas.

— Estamos interrompendo suas relações sociais? — ela pergunta.

— Não — respondo. — Eu acredito na abstinência social antes do casamento.

A turma ri. A Sra. Antonucci também ri. Mas o único som que importa é a risadinha de Drew ao meu lado. Quando ele sorri, todo o rosto dele muda. Como o de Ewan McGregor. Não se pode deixar de sorrir também ao ver seu sorriso.

— Sábado, às 10h — sussurra ele.

Quatro

— Se eu lavar esse jeans hoje à noite, vou ter de usá-lo amanhã para que não esteja apertado demais no sábado. Serão três dias seguidos. Acha que alguém vai perceber?

— Que tal aquela saia bonitinha que você comprou? — pergunta Jackie, que pede uma *carnita* de porco ao gatinho com a camisa do Baja Fresh.

A resposta de Jackie à minha pergunta me diz o que eu já sei. *Todo mundo* vai perceber. Isso aqui é Santa Monica. Los Angeles, Califórnia. Narciso incapaz de desviar os olhos de seu próprio reflexo. Aqui, todo garçom é um ator, e toda atriz tem dez quilos a menos do que seu peso ideal porque a câmera acrescenta uns sete. Essa é a cidade perto da passarela de Venice Beach e de Malibu, onde as mulheres fazem compras com a parte de cima do biquíni e "depilam" as pernas com laser. Numa tarde tranquila, quase se pode ouvir o som da gordura sendo sugada através de cânulas de lipossucção. Três garotas na minha escola fizeram cirurgia no peito na semana de recesso da primavera.

— Quero a salada Baja — digo ao cara na registradora. — Com frango.

Ele nos entrega um pager que vibra, e encontramos uma mesa perto da janela.

— Aquela saia é muito chamativa — digo a Jackie. — Quero parecer casual. Como se não desse a mínima.

— Use-a com tops sobrepostos e chinelo. Vai ficar casual *e* moderninho.

Disparo um olhar para Jackie.

— Um top? Sem mangas diante do garoto que quero ver nu? Nem pensar.

— Não há nada de errado com seus braços, Hayley. E você tem um rosto *tão* bonito.

Pronto. Ali estava. O beijo da morte. Era o mesmo que dizer que eu tinha uma grande personalidade.

— Oi, meninas.

Lindsay Whittaker passa, indiferente, pela nossa mesa a caminho do balcão de molhos. Seu grupo — Chloe, Bethany, Lacey e outras terminações "i" de cujos nomes nunca consigo me lembrar — sorri para nós daquela maneira falsa que me faz ter vontade de dar uma rasteira nelas. De fato, levanto os dedos do pé ligeiramente. Mas não o suficiente para parecer proposital.

— Você está muito... empinada — digo a Lacey, uma (duas?) das cirurgias de peito no recesso da primavera.

— Esperando seus nachos, Hayley? — devolve ela. — Com queijo extra?

— Ei, Bethany — diz Jackie. — Como foi no teste de Espanhol?

— *Bueno.*

— *Yo, también* — diz Jackie, com uma risadinha. As "Is" riem também.

Jackie não faz parte de panelinhas. Ela se dá bem com todo mundo. Eu também não faço parte de panelinhas. Eu me dou bem com ela. E, sim, acho irônico que tanto Jackie quanto eu tecnicamente façamos parte do grupo de "Is", já que nossos nomes terminam com esse som, mas que eu nunca seria convidada para o grupo de Lindsay. Não que eu quisesse ser. Elas são totalmente superficiais. No último Natal, todas ganharam vales-presentes para clareamento dos dentes. Eu pedi um vale-presente da Amazon, mas mamãe me deu uma bicicleta ergométrica.

Bzzzzzz.

O pager se acende e vibra. Eu não me mexo. Não existe a menor possibilidade de eu me levantar na frente das "Is" e lhes proporcionar uma visão completa do meu traseiro.

— Vou pegar nossa comida — diz Jackie, levantando-se de um pulo.

Graças a Deus pedi uma salada.

Lindsay e as outras garotas se servem no balcão de molhos gratuitos. É o almoço delas. Coberto com uma pitada de coentro. Elas jamais seriam apanhadas comendo um carboidrato. Qualquer um pensaria que a direção do restaurante as poria dali para fora, mas, quando as "Is" chegam, os "Gs" não demoram muito a aparecer. Garotos babando que pedem burritos e quesadillas e porções extragrandes de batata frita e guacamole. Deus, espero que Drew Wyler não seja um deles.

Cinco

Acabo descobrindo que Drew é um marmiteiro. Eu já deveria saber disso com os zilhões de horas que passava tentando parecer que não o estou procurando por todo o campus.

Hoje, sexta-feira, decido dar uma de detetive particular e segui-lo na hora do almoço. Antes que eu faça papel de idiota completa na Promenade amanhã, preciso me certificar de que ele não está se encontrando com nenhuma baranga de Inglewood.

Não deixo que Jackie vá comigo.

— Você vai estragar meu disfarce — digo.

É uma grande mentira. A verdade é que, se Drew nos avistar indo atrás dele, não quero que seus olhos se iluminem quando ele vir Jackie. A única ocasião em que quero que ele a veja é quando ela estiver rodeada de garotos que podem quebrar a cara dele. O que acontece com frequência.

Jackie é amiga de vários caras do time de futebol americano porque o irmão mais velho dela, Ty, é um craque como sei-lá-o-quê-back. Não é um quarterback, isso eu sei. Mas pega a bola e sai correndo em ziguezague pelo campo até a linha final. Quando estou com ele, percebo que todo mundo quer estar com ele também. Como acontece com Jackie. Deve ser alguma coisa no DNA deles.

— Pegue estes. — Jackie me entrega seus óculos de sol enormes. — Drew pode reconhecê-la com os seus.

Sinto-me como uma mosca gigante com os óculos dela, mas ela tem razão. Drew já me viu com meus aviadores falsificados.

— *Buena suerte* — diz ela.

— Obrigada. Acho. — Tenho aulas de latim. Nem queira saber.

De repente, lá está ele.

De jeans enrolado na barra, Puma marrom e uma camiseta branca, Drew deixa o campus na direção da Ocean Avenue. Olhos de Inseto — eu — entrega-se ao calor da perseguição. Instantaneamente percebo o que "calor" da perseguição significa. Minhas axilas ficam úmidas de imediato. E minha cabeça sua. Quem é que sua no couro cabeludo?

Drew anda rápido. Ele não parece apressado, mas suas longas pernas aumentam a distância entre nós. É um dia de sol (é claro). Os raios cintilam no oceano Pacífico como borboletas. À medida que avanço, apressada, sinto a sombra fresca e intermitente das palmeiras. Queria não estar usando tamancos de salto alto. Meus pés deslizam dentro deles. Meus dedos vão escorregando e sendo esmagados na frente. Mas os saltos alongam minhas pernas. Mesmo que os tamancos esmaguem os dedos dos meus pés.

Na Colorado Avenue, Drew dobra à direita, saindo no píer de Santa Monica. Ele caminha sob o arco, passando o carrossel. Quando me aproximo, ele está sentado em um banco, olhando o oceano. Sozinho.

Se eu não estivesse tão sem fôlego, daria um suspiro de alívio. Mas, nessas circunstâncias, eu apenas arquejo.

— Hayley?

Por alguma razão conhecida apenas pelos parapsicólogos, Drew pressente minha existência e se vira. Ou será que ele reconheceu minha respiração pesada...?

— Ah, oi, Drew — digo casualmente. — Lega...

Quase digo: "Legal encontrar você aqui." Como uma completa idiota. Como se estivéssemos em um romance de Jane Austen ou algo do gênero. Corando intensamente, percebo que agora estou arfando.

— Quer sentar? — Drew pergunta.

— Pareço estar precisando? — devolvo. Então fecho os olhos e, em silêncio, pergunto a Deus por que é que fui nascer.

Drew ri.

— Um pouco — diz ele.

Meus tamancos soam como cascos de cavalo quando atravesso o píer de madeira até o banco de Drew. Tento incorporar Calista Flockhart e me sentar suavemente, mas o banco cede um pouco sob o peso de meu traseiro nada semelhante ao de Calista.

— Cadê o seu almoço? — pergunta Drew.

— Já comi — minto.

Assentindo, Drew abre sua sacola de papel marrom e tira um sanduíche de manteiga de amendoim.

— Quer metade? — oferece ele.

— Não, obrigada.

Ele torna a assentir e dá uma mordida. Nós dois ficamos ali sentados — Drew mastigando e observando as ondas, eu tentando não ficar olhando seu incrível maxilar — até que finalmente penso na coisa perfeita para dizer.

— Que dia ensolarado!

Seis

Sou *tão* burra! Sou a mais burra das burras. Eu zurro enquanto durmo. O tempo? Estou sentada ao lado de um garoto que *lê* Dante de verdade, e vou falar justamente sobre o *sol* no sul da Califórnia?

Drew não responde. Ele não é de perder tempo com conversa fiada. Limita-se a concordar com a cabeça, come seu sanduíche e toma um gole de Snapple. Se eu conseguisse me mexer, arrastaria meus tamancos escorregadios, esmagando meus dedos, até a amurada e içaria meu traseiro gordo e burro sobre ela.

— Já leu *Trailers?* — pergunta ele, quebrando o silêncio gritante.

— Trailers? Como trailers de filmes?

— Não. É um *graphic novel* sobre um garoto que tem que enterrar o corpo de alguém que a mãe mata.

— Ah — digo, horrorizada. Mas pelo menos parece mais interessante do que a *Ilíada*. Embora aquela ideia do Cavalo de Troia fosse inspirada.

— Você faria uma coisa assim? — Drew me pergunta. — Proteger sua mãe assim? Enterrar um cadáver?

Penso por um momento. A única pessoa que posso imaginar minha mãe matando é meu pai. E seria por uma espécie de envenenamento lento com tofu. O que, de certa forma, estamos sofrendo nesse exato momento. Uma excruciante tortura noturna.

— Uma xícara de tofu tem 16 gramas de proteína! — disse mamãe na noite passada.

— E um cheeseburger tem trinta — rebati. Uma das poucas coisas de que eu me lembrava das aulas de Saúde. Isso e o fato de que existe uma camisinha feminina enorme, embora eu não possa imaginar ninguém usando aquilo.

— Não — digo a Drew. — Não acho que eu conseguiria enterrar um cadáver.

— Você entregaria sua mãe?

— Não posso simplesmente não fazer nada? Fingir que não sei?

— Poderia — diz ele —, mas saber disso a corroeria até que você não passasse da casca vazia de uma pessoa.

Antes de pensar em quão pouco sexy isso soaria, dou uma palmadinha em minhas coxas gordas e digo:

— Eu poderia viver com isso.

Drew ri. Meu corpo todo se derrete, misturando-se ao quente banco de madeira. Ele não me convidaria para sentar se não gostasse de mim, convidaria? Não riria se pensasse que sou uma derrotada... riria?

De repente, tudo fica perfeitamente claro. O que eu preciso fazer é avançar um pouco. Ser sedutora. Parar de fazer piadas e começar a flertar. Fazer Drew saber que estou disponível. Tirei A naquele curso de Saúde. Sei o que acontece entre os lençóis. É hora de colocar meu conhecimento em ação.

Nesse exato momento, porém, estou paralisada. Infelizmente, não posso apelar para a sexualidade para pronta entrega. Não quando estou suando e provavelmente tendo uma insolação.

Amanhã, na Promenade, estarei pronta. Sábado é o dia em que darei minha cartada.

Sete

— Francamente — diz mamãe no jantar —, o tofu é totalmente incompreendido.

Coletivamente, meu irmão mais novo, Quinn, papai e eu emitimos um gemido. A cozinha cheira a meia suja. Todos em torno da mesa temos uma expressão sombria.

— Na verdade, ele é apenas uma esponja para outros sabores — prossegue ela. — Como o ensopado de couve desta noite. O tofu que coloquei nele absorveu o caldo vegetal.

Graças a Deus Jackie e eu paramos no Mickey D's depois da escola para dividir uma porção grande de batata frita.

— Por que ele não pode absorver o caldo de um bife? — pergunta papai.

— John — começa mamãe com um suspiro profundo —, você quer outro infarto? É isso que você quer?

Meu pai suspira profundamente também.

Tecnicamente, papai *não* teve um infarto no verão passado, quando desmaiou ao instalar novos detectores de monóxido de carbono no nosso edifício. Os médicos da Emergência chamaram o que ele teve de um "evento cardíaco".

— Evento? — perguntara mamãe, a voz estridente, os olhos arregalados. — A entrega do Oscar é um *evento*. Eu encontrei meu marido caído de cara no chão do corredor do nosso prédio!

— Ele desmaiou em consequência de uma arritmia cardíaca, que foi exacerbada por um bloqueio na artéria — explicou o médico pacientemente.

— O quê?! — gritou mamãe ainda mais alto.

— Com medicação, dieta e exercício, ele pode controlar o problema e viver uma vida normal.

Aquela expressão ficou agarrada à minha mente. *Uma vida normal.* Meu pai nunca teve uma vida normal. Ele administra o prédio onde moramos e mais dois na mesma rua. Os três têm o aluguel controlado pelo governo. O que significa que os aluguéis são tão baixos que o resto da cidade nos odeia. Nenhum dos inquilinos quer que papai entre em seus apartamentos. Se vir alguma coisa ilegal — como o namorado de alguém se mudar para lá nos fins de semana —, ele pode pôr a pessoa para fora. E, quando o apartamento estiver vazio, o senhorio pode subir o aluguel. Assim, ninguém nunca se muda. E em geral eles mesmos consertam as coisas. O que é bom porque, embora papai seja considerado o faz-tudo do prédio, ele quebra mais coisas do que conserta.

Em troca de tomar conta dos três pequenos prédios, papai ganha um salário insignificante e um apartamento de três quartos de graça. Um bom negócio, até onde eu posso ver. Moramos de graça em Santa Monica, e papai passa o dia deitado pela casa, comendo Cheetos — pelo menos quando mamãe não está vendo.

— Não, Gwen — diz ele a ela —, eu não quero outro infarto.

— *Evento* cardíaco — corrige ela.

Minha mãe também é instável no quesito "vida normal". Ano passado ela anunciou que estava se tornando uma instrutora de vida.

— Uma o quê? — Quinn perguntou.

— Vou ajudar as pessoas a realizarem o *potencial* que é a vida — ela disse.

— O que isso significa exatamente? — insisti.

Ela afastou um fiapo de cabelo da testa.

— Você sabe... o *potencial* que é a vida de todos nós. Vou ajudar as pessoas a realizá-lo.

— Quem vai pagar para você fazer isso, Gwen? — perguntou papai.

— E por que procurariam *você?* — perguntei. — Sem ofensas, mãe. Mas, sério, por quê?

— Estou cercada por pessimistas — disse ela, saindo da sala marchando. — Vocês vão ver. Eu vou rir por último.

Isso faz um ano. Até aqui, mamãe não deu nem uma risadinha. Aparentemente é mais difícil do que ela pensava conseguir amigos que lhe deem dinheiro por suas tentativas de governar a vida deles. Principalmente quando a própria existência dela parece tão tensa. É como se mamãe atravessasse a vida rangendo os dentes. Sua decisão de se tornar vegetariana, por exemplo. Ela a encarou como se fosse uma alcoólatra. Um dia de cada vez. A cada dia, ela toma a decisão consciente de "simplesmente dizer não" à carne. Será que os vegetarianos de verdade não obtêm um pouco de alegria com seu estilo de vida? Será que eles passam em frente a um açougue da mesma forma que um alcoólatra se recuperando passa em frente a um bar?

— Alguém quer sobremesa? — pergunta ela, esperançosa.

— Cheesecake vegano!

Oito

Chegou o sábado. O dia D. Dia do Drew. Meu coração bate tão forte que minhas orelhas estão vermelhas. Jackie dirige, embora estejamos indo no meu carro. Estou nervosa demais para ficar atrás do volante.

— Qual o problema com esse rímel? — digo, fitando o retrovisor. — Ele gruda sempre que eu pisco!

— Você está linda — diz Jackie com calma.

— Estou parecendo uma drag queen.

Normalmente eu não uso maquiagem — não tanto assim, pelo menos. Jackie foi lá para casa de manhã e exagerou um pouco.

— Olhos azuis precisam de sombra lilás — disse ela. — E sua pele clara precisa de um blush pêssego.

Fazendo com que eu me sentasse, ela escovou, esfumaçou e misturou. Porque vira assim num programa de maquiagem na TV, ela primeiro aplicou sombra e corretivo nas costas da mão. Em seguida, como uma pintora renascentista, usou meu rosto como tela para sua obra de arte.

— Jackie! — grito quando ela segura um espelho diante do meu rosto. — Hoje não é Halloween!

Extremamente confiante, ela replica:

— Mas é o dia em que você passa de amiga a *femme fatale*. Acha que pode fazer isso sem sombra?

Acreditei nela. Jackie sabia dessas coisas. Assim, me espremi para entrar no meu jeans favorito, que estava apertado porque evitei aquele horror de três dias seguidos usando uma saia ontem. Na parte de cima, vesti um top verde-musgo curto sobre uma camiseta rosa comprida. Muito chique e primaveril. Jackie trançou duas mechas finas de meu cabelo — uma de cada lado do rosto — e as prendeu com uma conta transparente. Embora fosse impossível andar com elas confortavelmente por muito tempo, calcei minhas sandálias plataforma preferidas, tendo pintado as unhas do pé na noite anterior. Dez centímetros extras de altura tiram pelo menos dois centímetros e meio de cada coxa. Ou pelo menos foi o que li uma vez.

Avaliando subjetivamente minha aparência, cheguei a uma conclusão: se eu não fosse eu e me visse, pensaria que eu estava bastante sexy. Trêmula e meio drag queen, mas sexy.

— Onde vamos encontrar Drew? — Jackie pergunta ao parar no estacionamento da rua Quatro. Ela está usando uma calça capri de sarja amarrotada, uma blusinha branca e chinelos de borracha.

— Bem discreta — disse ela mais cedo. — Para que Drew fique cego pela sua beleza.

O cabelo castanho de Jackie está preso em um coque bagunçado. Seus braços bronzeados são lisos e as maçãs de seu rosto são naturalmente cor de pêssego. Ela passou gloss nos lábios. E pronto. Naturalmente, está *fantástica*. Não pode evitar. Se pelo menos o time de futebol estivesse conosco...

— T-Rex — digo.

Enquanto andamos até o local do encontro — uma imensa árvore podada no formato de um dinossauro —, ponho meus óculos de aviador.

— O que está fazendo? — pergunta Jackie, alarmada.

— Protegendo meus globos oculares de queimaduras de segundo grau — respondo.

— Hayley. — Minha melhor amiga suspira, impaciente.
— Você não sabe que os seus olhos são as janelas para a sua alma? Como espera que Drew caia aos seus pés se nem deixa que ele veja sua alma?

O argumento é bom. Eu acho. Sou completamente inútil nessas questões. Aos 16 anos, só beijei um garoto uma vez. E, francamente, nem tenho certeza se nos beijamos de verdade. Jackie ficou perguntando: "Como você pode não ter certeza de que beijou?!" Mas é verdade. Estava numa festa do pijama na casa da minha prima e caí no sono. (O que, enfatizei para Jackie, supõe-se que é o que você vá fazer numa festa do *pijama*.) Acordei no meio da noite com um dos garotos da vizinhança se afastando dos meus lábios. As outras garotas da festa não estavam dormindo, nem um pouco. Elas haviam furtivamente admitido garotos. Eu podia sentir a sensação úmida do beijo. Mas era tão surreal que parecia que eu tinha sonhado.

— Não conta se você não estiver acordada — disse Jackie trivialmente.

Ela já tivera grandes sessões de amasso com dois garotos — enquanto estava consciente. Mas Jackie sempre fora inflexível em relação a *não* ter um namorado.

— Por que eu ia querer me prender a um garoto? — ela sempre diz.

É o tipo de coisa que se diz quando se tem escolha.

— Lá está ele — sussurra Jackie quando nos aproximamos do T-Rex. Ela tira os óculos de sol da bolsa e cobre sua alma. — É todo seu.

— Oi, Drew — digo, tentando olhar para ele sem apertar os olhos. Dando-lhe uma visão desobstruída de minha profundidade interior.

— Oi — responde ele. Então murmura: — Oi, Jackie.

— Oi — cumprimenta, deixando-se ficar para trás, parecendo entediada.

— O que você quer fazer? — pergunto a Drew.

— Qualquer coisa. E você?

— Qualquer coisa — digo.

Então nós três simplesmente ficamos ali parados, no sol de rachar.

— Querem andar? — pergunta ele.

— Isso — digo —, vamos andar.

E andamos. Meus pés já estão doendo.

O passeio ao ar livre está apinhado de gente. O sol está quente, mas as lojas são altas o bastante para criar sombra em um dos lados. Sigo direto para lá. Só posso ter uma aparência melhor, concluo, a uma luz reduzida. Passamos por mães empurrando carrinhos e turistas apontando câmeras. O cheiro fermentado dos Wetzel's Pretzels se mistura com o aroma picante do Falafel King. Sutilmente me aproximo mais de Drew e aspiro sua masculinidade. Ele tem o cheiro do oceano. Pela primeira vez na vida, sinto vontade de tirar a roupa e nadar.

— Vou dar uma olhadinha na Abercrombie — diz Jackie. — Podem continuar. Eu alcanço vocês.

— Hã, tudo bem — digo, o coração golpeando o peito. Ela se afasta e ficamos momentaneamente sozinhos.

— Acho que vou dar uma olhada na Abercrombie também — diz Drew. — Não tem nada melhor para fazer.

Ele segue Jackie e eu o sigo. Quando Jackie nos vê, revira os olhos.

— Posso ajudá-lo a encontrar o tamanho certo? — Uma vendedora loura e magra imediatamente quase salta sobre Drew, fazendo, de algum modo, a palavra *tamanho* parecer pornográfica. Tenho vontade de pular em cima *dela*. Estou bem certa de que poderia quebrar aquela cintura minúscula como um *grissini*.

— Estou bem, obrigado — responde Drew. Ainda assim, a vendedora continua grudada nele. Ela nem me vê. Odeio essa loja. Contra todas as leis da ciência, quanto maior você é, menos um vendedor consegue vê-lo.

— Isso fica incrível com os seus olhos — arrulha Loirinha, segurando uma camisa azul-bebê diante do peito de Drew.

Jackie me fuzila com os olhos do outro lado da loja, como se dissesse "faça alguma coisa". E é o que faço.

— Com licença — digo, levantando uma camisa polo. —
Você tem, hã, esta em vermelho?

— Não — diz ela, mal me olhando.

— Amarelo? — pergunto mais alto.

— Só o que tem aí — responde ela. Em seguida, imperti-
nente, acrescenta: — E só nos *tamanhos* que estão aí.

Meu sangue ferve instantaneamente. Devolvendo a camisa
polo com toda a calma à arara, digo:

— Ah, me desculpe. Falha minha. Esta deve ser a Abercrombie para *piranhas*.

Seu sorriso bobo desaparece quando Drew explode numa
gargalhada. Jackie aparece de repente e segura o meu braço.

— Vamos cuidar da nossa vida em outro lugar — diz
ela. — Venha, Drew.

Ainda rindo, Drew nos segue para fora da loja. De volta
à luz clara do sol, ele me diz:

— Você é engraçada.

É tudo de que preciso para começar a desfiar todas as
piadas que ouvi na vida e fazer um espetáculo de *stand-up
comedy* bem ali na Promenade. O sorriso de Drew é quase
comestível, de tão delicioso. De repente, não sinto mais calor.
Sinto-me animada. O sol é meu refletor.

— Foi um prazer entretê-los — digo, tentando injetar
um pouco de libertinagem na palavra *prazer*. Mais uma vez
Jackie revira os olhos, o que está se tornando irritante.

— Vamos sair daqui — diz Drew.

— Sim! Vamos! — grito praticamente. — Que tal um
filme? Podemos ver o que quisermos.

— Tenho uma ideia melhor — diz ele.

Minha imaginação decola. A única coisa melhor do que cinema de graça tem que ser pegação. Jackie tinha *toda* razão em carregar na maquiagem! Drew está claramente vendo meu lado sexy. E acha que sou engraçada também! Não foi fácil? Mas aonde podemos ir? Meu carro? Será que Jackie vai discretamente se perder? Em quanto tempo vou poder tirar as sandálias sem parecer uma piranha? Meus pés já estão latejando.

— Sigam-me — diz Drew, fazendo meia-volta.

Dando uma risadinha sexy, pergunto:

— Para onde?

Ele então diz as três palavras que garantidamente provocam terror em qualquer garota cuja balança falante a deprecie todas as manhãs.

— Para a praia.

Nove

A praia é a pegadinha da natureza: a Terra é quase três quartos oceano, e apenas um quarto de sua população fica bem de maiô ou biquíni. Se for isso tudo. Sem falar nas queimaduras de sol. Por que a Mãe Natureza nos daria sardas e câncer de pele se fosse para nos refestelarmos praticamente nus numa praia? Não faz sentido. Nem tampouco a sugestão de Drew Wyler de dar um pulo em casa para pegar nossos maiôs.

— Hã? — digo estupidamente, incapaz de dizer outra coisa. O que aconteceu com namorar na escuridão fresca de um cinema?

— Alguma de vocês tem uma prancha de surfe? — pergunta.

Jackie me lança um olhar e eu a fuzilo com os olhos.

— Hã, não — diz ela. — Nada de prancha de surfe. Não. Não na minha casa.

45

Minha melhor amiga é a pior mentirosa do mundo.

— Ty não surfa? — Drew pergunta. — Eu juro que já o vi pegando onda.

— Ty? — gagueja ela. — Onda?

— Ah, pelo amor de Deus — digo, incapaz de ficar vendo Jackie se atrapalhar só para me poupar da humilhação de um maiô. — Ty tem uma prancha de surfe, mas nós não. É dele e ele não nos deixa usar. Podemos ir à praia se você quiser, mas não vou em casa pegar o maiô, nem Jackie. Hoje é *sábado*. A areia vai estar abarrotada de gente. Não temos nem toalha! O Píer vai estar ainda pior. Mas, se você quer ir à praia, vamos à praia. Tudo bem.

— Ótimo! — diz Drew alegremente. — Vamos.

A praia de Santa Monica é uma das razões de as pessoas irem morar no sul da Califórnia. É também por que os invejosos querem envenenar com tofu os locatários cujo aluguel é controlado pelo governo. Os cinco quilômetros e meio de areia são limpos diariamente. Salva-vidas muito gatos sentam-se em suas torres e paqueram os melhores silicones de Los Angeles (inclusive as três garotas da minha escola). Pode-se avistar golfinhos brincando ao largo da praia, atores correndo pela arrebentação, candidatas a atriz correndo atrás deles.

No todo, é um cenário idílico. Se você gosta de mais de 340 dias de sol no ano e água tão azul que parece artificial.

Quanto a mim, gosto da praia *à noite*. Ou nos 25 dias de tempo ruim. Você não viveu de verdade se ainda não passou uma véspera de Natal agasalhada com um suéter de lã, fitando as águas escuras do Pacífico. Sinistro, mas mágico.

— *U-hu!* — Drew tira a camisa e os sapatos. Ele sai correndo no momento em que os pés descalços tocam a areia.

— Sinto muito — Jackie me diz, dando palmadinhas em uma das minhas mangas japonesas. — Sei o quanto você odeia o sol.

Tentando me animar, decido aproveitar da melhor maneira possível. Tiro os pés das minhas sandálias de tortura e deixo a areia quente aliviar os calos. Enrolo as pernas da calça até onde elas sobem e ignoro a sensação pegajosa da maquiagem escorrendo pelo meu rosto.

— U-hu — repito quando Jackie e eu nos juntamos a Drew... e à maioria da população de Santa Monica, na beira da água.

Jackie, naturalmente, *ama* a praia. Ela é normal. Em atenção a mim, porém, ela se senta na areia e cuida das nossas coisas enquanto finjo me divertir me molhando. Drew está pegando jacaré. Eu dou risadinhas e bato palmas cada vez que ele olha em minha direção. Eu até tento uma leve brincadeira. Mas, sinceramente, me sinto como um bolo de aniversário derretido. E não tenho certeza se encharcar minha cabeça vai melhorar o estado da maquiagem, ou transformar meu visual de Drag Queen em Palhaço Triste. Pelo menos a espessa camada de maquiagem tem um fator de proteção solar alto. Não tem?

— Os tubarões têm mais medo de você do que você deles — Drew grita.

Quando estou prestes a gritar algo significativo em resposta — não que eu consiga pensar em nada divertido com minha aparência cada vez mais Palhaço Triste —, percebo que Drew não está falando comigo. Ele está falando com alguém além de mim. Com Jackie. Eu não a ouço responder, mas pego a deixa.

— É agora ou nunca, Hayley — digo em voz alta. — Mostre o seu melhor.

Parecendo, tenho certeza, uma mãe que mergulha no mar para salvar o bebê que se afoga, avanço para as ondas. Sou imediatamente atingida por uma. Em seguida, por outra. Engulo água salgada. Tusso até dizer chega. Quando consigo me debater até Drew, percebo que ele está de pé. Eu poderia ter graciosamente *caminhado* ao encontro dele em vez de me agitar como uma carga de roupa na máquina de lavar. São essas coisas que você aprende da maneira difícil quando vai à praia durante o dia.

— A água está fabulosa — digo, buscando o ar. Então mordo minha língua salgada. Fabulosa? Desde quando eu uso essa palavra típica de Hollywood?

Drew mergulha ambas as mãos na água e as ergue cheias do oceano.

— É a vida — diz simplesmente. Eu me derreto. Esse é o tipo de pensamento profundo que um cara que lê Shakespeare por prazer tem.

Enquanto subo e desço nas ondas, percebo que minha boca está aberta. Isso provavelmente se deve ao fato de Drew estar seminu perto de mim. Não consigo parar de olhar para o seu tórax liso. Ele tem o corpo de um atleta natural. Não musculoso demais, mas definido o bastante para mostrar que não passa horas diante da televisão com a mão em um pacote aberto de Cheetos. Seu cabelo claro está escurecido pela água. E eu vejo a evidência de um recuo na linha do cabelo. O que me faz amá-lo ainda mais.

— Por que Jackie fica só sentada lá? — pergunta ele.

Olho para a praia e outra onda atinge a minha nuca e me derruba de cabeça na arrebentação. Quando volto a subir, uma das minhas trancinhas está colada no meu lábio superior, como o bigode de Salvador Dalí.

— Ela está tomando conta das nossas coisas — digo, prendendo minhas tranças gotejantes atrás das orelhas. Um cara como Drew Wyler jamais namoraria uma garota com um bigode de Dalí. Disso eu tenho certeza.

De repente, sinto o peso imenso do meu jeans molhado. Minhas pernas se transformaram em duas âncoras. Um pensamento aterrorizante atravessa a minha mente. Será que eu corro o risco de afundar aqui, incapaz de me manter à tona? Será que Drew vai ter de me arrastar até a areia, meu pescoço na dobra de seu braço? Será que ele vai entender que é o jeans que pesa tanto?

Em hipótese nenhuma eu vou tentar tirar um jeans encharcado que está tão colado quanto fita adesiva na frente de Drew Wyler. Prefiro me afogar.

— Não podemos simplesmente deixá-la sozinha lá — diz ele.

— Está tudo bem — digo, saltando com mais força. — Ela detesta o mar.

— Quem é que detesta o mar? — zomba Drew.

Naquele momento, ele se vira e me olha engraçado. Meu coração para. Ele está ligado em tudo. Sabe que *eu* detesto o mar. À luz do dia, pelo menos. E no verão. Ele acaba de perceber que está no meio das ondas com uma aberração vestida com um jeans colado, molhado e pesando mais de vinte quilos. Sem falar no corpo de pele esticada que pesa mais do que o do meu irmão.

Então vejo a verdade. Drew não está preocupado em ter de me arrastar até a praia, ele viu o que a água salgada e o sol podem fazer à maquiagem. Minha pergunta anterior é respondida pela imagem refletida em seu olhar horrorizado: pareço um Palhaço Triste.

— Por acaso você tem um espelho aí? — pergunto. — Acho que estou precisando retocar o pó do nariz.

Drew solta uma gargalhada. Eu rio também. O sorriso dele faz com que eu me sinta leve. Não estou mais afundando em direção à China. Sinto-me positivamente audaciosa.

— Eu estava querendo perguntar uma coisa a você — começo, pulando de um lado para o outro debaixo d'água.

— É mesmo? — diz ele. Então mergulha sob uma onda e volta à tona. — Também estava querendo pedir uma coisa a você.

— É mesmo?

Meu pulso acelera. Eu flutuo. Sinceramente, não consigo sentir o fundo do oceano. Talvez meus pés estejam dormentes. Talvez seja o amor.

— Você primeiro — digo, sorrindo, tímida.

— Não, você — replica ele.

— Não, *você*.

— Não. Você.

— Certo — Respiro fundo no exato momento em que outra onda nos alcança. A água salgada desce pela minha garganta. Tusso como um cachorro engasgado com um osso de galinha. Com muita deselegância. A água jorra da minha boca e do meu nariz. Mais uma vez, quase tão refinado quanto um arroto em um enterro. Quase morro de vergonha. Drew fica ali parado, impotente.

— Tudo bem com você? — pergunta ele.

Desesperada para manter um fiapo de dignidade, arquejo num intervalo da tosse seca:

— Você fala. Eu respiro.

Drew dá uma risadinha. Então fica sério.

— Eu queria saber — começa ele e faz uma pausa.

— Sim? — *Cof! Cof!*

— Você não precisa responder se não quiser.

Arf. Arf.

— Não se preocupe. Pode perguntar qualquer coisa.

— Está bem. Então lá vai — diz ele.

Debaixo d'água, meu coração bate tão loucamente que tenho certeza de que estou chamando as baleias. O mar não é tão ruim, afinal. Na verdade, sinto-me em harmonia com o berço da evolução. Eu também vou emergir do mar como uma nova espécie: uma garota com um namorado.

— O que é, Drew? — consigo perguntar em minha voz mais sexy.

— Você acha que Jackie sairia comigo?

Eu pisco. Meus cílios estão grudentos.

— O quê?

— Jackie. Você acha que ela sairia comigo?

Dura apenas um nanossegundo, mas eu literalmente sinto a Terra parar de girar. Um leve solavanco, como quando se pisa no freio de um carro. Naquela fração de segundo, tão rápida que não pode ser medida, sinto o mundo mudar.

Drew tem a expressão mais doce em seu rosto. Seus olhos mostram mais branco, os lábios estão curvos de esperança. Ele tem a mesma expressão de meu irmão, Quinn, ao me pedir que o segurasse enquanto ele aprendia a patinar no gelo.

É um rosto que você tem de proteger.

— Ela nunca fica com um cara só — digo. A primeira frase em meu mundo novo em folha.

Drew solta o ar.

— Isso é legal — diz ele.

— Vou falar com ela.

Drew se inclina e planta um beijo molhado e salgado na minha bochecha. A sensação que me dá é só essa. Salgado. Molhado. Um beijo na bochecha que nunca será outra coisa.

— Obrigado, Hayley. Você é uma amiga de verdade.

Dez

É claro que Drew gosta de Jackie. Todo mundo gosta de Jackie. Como eu não vi logo?

Suspiro. Sinto uma dor aguda no peito.

A verdade, naturalmente, é que eu vi, *sim*. Sempre vejo. Só que dessa vez eu não quis ver. Dessa vez, quis que meus olhos me enganassem. Dessa vez, desejei ardentemente ser a escolhida.

— Eu tenho de ir — digo abruptamente.

Embora estejamos os dois encharcados, de pé ali no oceano Pacífico, não quero correr o risco de Drew me ver chorar. Assim, mordo a parte interna da bochecha e vou caminhando em direção à praia.

— Espere! — chama ele.

Virando-me, olho para seu peito bonito e reluzente.

— O que você ia me perguntar? — grita ele.

Uma onda explode em minha cintura. Dessa vez, ela não me derruba. Inspirando, levanto a cabeça e grito:

— É verdade o que você disse?

Drew parece confuso.

— Sobre o quê?

— Os tubarões. Eles têm mais medo de nós do que nós deles?

Ele ri. Por um momento, deixo-me afundar na concavidade de suas bochechas. Então sinto as lágrimas se acumularem em toda a minha cabeça e mergulho de cara na água. Drew ri um pouco mais.

Jackie me conhece melhor.

— O que houve? — pergunta ela, alarmada, quando me junto a ela na areia.

— Estou me queimando demais no sol — digo. — Quero ir para casa.

Ela põe a mão no meu ombro molhado.

— Aconteceu alguma coisa?

— Não.

— Tem certeza?

— Quer uma carona ou não? — replico asperamente.

Juntamos nossas coisas, deixando Drew na água e sua camisa e seus sapatos na areia. Meu jeans molhado pesa uma tonelada. A cada passo tenho a sensação de estar arrastando um tronco pela areia. Meu nariz escorre; meus pés descalços queimam. Meu cérebro está soltando faíscas. Jackie, normalmente uma tagarela, não diz uma única palavra durante todo o caminho. Quando chegamos ao meu carro atrás da

Promenade, estou quase seca. Jackie pousa a mão delicadamente no meu ombro e diz:

— Quando você estiver pronta para falar sobre o que houve, estou pronta para ouvir.

Com os lábios apertados, faço que sim. Então a levo para casa. Assim que ela salta do carro, aceno, pressiono com o pé direito o acelerador e deixo as lágrimas rolarem de minhas pálpebras inferiores.

É claro que Drew gosta de Jackie. Como você pôde não ver?

Seguindo para leste na Santa Monica Freeway, mal consigo enxergar. Meus olhos estão embaçados pelas lágrimas quentes. Cada vez que pisco, liberando-as, os olhos tornam a se encher. Ainda bem que estou presa no trânsito; é claro. Isto aqui é Los Angeles. Sempre tem trânsito. A palavra *free*way, que vem de *free, livre*, é uma piada. Hoje, porém, eu não ligo. Mesmo que signifique avançar centímetro a centímetro, fico feliz de sair dali.

Passo pelas rampas de saída em curva da San Diego Freeway, olhando através da fumaça a feia vizinhança de ambos os lados. Passo por um revendedor de carros usados. Um shopping center. Por fim, o Robertson Boulevard parece bastante longe. Ninguém me conhece aqui. Posso ficar invisível. Saio da estrada e entro em Culver City. No Venice Boulevard, encontro o que estou procurando. A multidão da hora do almoço já está comendo. Ótimo, digo para mim mesma. Os fornos vão estar quentes. Não vou ter de esperar muito tempo.

O aroma de alho e molho de tomate me assalta no momento em que cruzo a porta de vidro. Uma pessoa está na minha frente na fila.

Perfeito.

Abrindo o celular, finjo fazer uma ligação. Espero meus pretensos amigos pretensamente atenderem.

— Oi — digo ao telefone desligado. — Estou na pizzaria. Que sabor vocês querem?

Enquanto finjo ouvir, examino o cardápio. Minha boca se enche de água. Meu estômago ronca. Meu coração dói.

— Pepperoni? — pergunto em voz alta. — Grande?

Quando chega minha vez de pedir, levanto um dedo e digo no telefone:

— Pizza grande de pepperoni, certo? E um litro de Coca.

Fazendo uma pausa, faço um sinal afirmativo com a cabeça. Então digo:

— Até daqui a pouco. — E fecho o telefone.

— Desculpe — digo ao cara atrás do balcão. — Meus amigos não conseguem se decidir.

— Tudo bem — diz ele, dando de ombros.

Enquanto minha pizza assa, sento-me a uma mesa vazia perto da janela. Culver City se parece com qualquer outra cidade de Los Angeles: plana, marrom, cheia de carros. Tem uma faculdade aqui e um estúdio de cinema independente. Parte do lugar é bem legal. Mas, no meu atual estado, eu poderia estar em qualquer lugar ou em lugar nenhum. Que é exatamente o que eu quero. Desaparecer.

Assim que a pizza fica pronta, pago e praticamente saio correndo pela porta. Peço quatro copos para a Coca, embora eu saiba que vou beber direto do gargalo. Intelectualmente, eu sei que o cara no balcão não está interessado em quem sou eu ou em quantas pessoas vão comer essa pizza. Emocionalmente, porém, não posso suportar que ele saiba a verdade. Não posso tolerar nem eu mesma saber a verdade.

No piloto automático, faço o que já fiz dezenas de vezes antes. Com a caixa quente da pizza no banco do passageiro, deixo o estacionamento à procura de um lugar para me esconder. Meu coração está disparado. As palmas das minhas mãos estão úmidas. Eu mal posso esperar. Procuro uma árvore ou um beco. Sem lixeiras fedorentas. Sem pedestres. Depois de vagar pelas ruas residenciais que saem da National, vejo um espaço que me serve. Fica em frente a uma casa em construção. Os operários estão almoçando. Tem uma caçamba de lixo ali perto, mas está cheia de gesso. Não fede. Um bom lugar para jogar as evidências quando eu tiver acabado.

Estacionando, desligo o motor. Minha mão treme quando abro a tampa da caixa e libero o vapor temperado. Quando dou a primeira mordida, sinto o queijo derretido se desmanchar no céu da minha boca. O pepperoni salgado estimula minha língua. Engulo rápido, dou outra mordida grande. De olhos fechados, encosto a cabeça no apoio do banco e mastigo. Meu corpo tenso relaxa. Tomei meu remédio.

Em 15 minutos, a caixa da pizza está cheia de crostas. O litro da Coca está pela metade. Eu estou cheia. Só saboreei a primeira ou segunda mordidas. O restante foi tragado, como se eu estivesse em transe. Mais que depressa, abro a porta do carro e jogo os restos na lixeira. Não suporto ver nada que me lembre o que acabo de fazer.

Mas *sinto* o que fiz.

A dor em meu estômago é maior do que em meu coração. Por enquanto.

— Hayley, sua idiota — digo em voz alta.

Eu me odeio. Tenho vontade de vomitar, mas não faço isso. Não vou me permitir seguir esse caminho. Em vez disso, ligo o carro, arranco e sigo para casa. Rezando para que minha mãe não sinta o cheiro do fracasso em meu hálito.

Onze

Minha mãe está voltando da ginástica quando chego em casa.

— Ah — diz ela —, tem coisa mais prazerosa do que suar?

— Posso pensar em uma centena delas — digo. Passando por ela, acrescento: — Cento e *uma*, se contar desodorante.

— Você é muito engraçada. — Mamãe belisca de brincadeira meu queixo.

Engraçada. Essa palavra atravessa meu coração como um picador de gelo enfiado em meu peito. É isso que sou. Uma garota engraçada. Uma *amiga*. Mas não uma namorada. A garota do *rostinho* bonito.

Seguindo com passos pesados pelo corredor até meu quarto, bato a porta às minhas costas. Tanto física quanto mentalmente, tenho a sensação de que vou explodir. Meu celular emite o sinal de que tenho recado. Jackie está enlouquecida enviando mensagens. Mas eu não quero falar com ela. Não quero falar com ninguém. Quero deitar com a cara enfiada no travesseiro até que as covas do rosto de Drew Wyler tenham sido apagadas da minha mente para sempre.

— Hayley! — grita mamãe da extremidade do corredor. Eu não respondo. Minha barriga cheia cai sobre o jeans. Sinto o botão pressionar a minha carne. Preciso de um banho. Cheiro a água do mar e molho de tomate. No entanto, não suporto a ideia de me ver nua. Não agora. Nunca mais.

— *Hayley!*

Ela não vai parar. É mais fácil ceder.

— O que foi? — Tiro a boca do travesseiro e grito de volta.

— Vamos jantar mais cedo — ela berra. — Venha me ajudar a ralar as cenouras.

Gemendo, berro de volta:

— Não estou com fome.

Como um raio, mamãe já está no quarto.

— O que foi que você comeu? — pergunta ela.

— Nada — digo.

— Nada? Você tem que comer, Hayley. Estou fazendo curry de cenoura e nabo.

— Comi muito no almoço — digo. — Não estou com fome.

Mamãe se senta na minha cama. Viro o rosto para a parede.

— O que foi que você comeu hoje, Hayley? — pergunta ela com firmeza.

— Uma salada — respondo. — Uma salada grande.

Ela põe a mão quente em minha costas e diz:

— Por acaso estou sentindo cheiro de pepperoni?

Suspiro. Minha mãe foi um cão farejador em outra encarnação. Ela consegue sentir o cheiro de carne processada a um quilômetro de distância.

— Era uma salada com frios — digo, a voz fraca. Mas sei que já estou condenada.

— Querida — diz ela com suavidade —, se você não quer se consultar com o Dr. Weinstein, pelo menos vá comigo a uma reunião. Tenho uma amanhã de manhã. Você não precisa fazer nada, só olhar. Se odiar, não precisa voltar nunca mais.

No pior momento possível, um arroto de pepperoni sobe pela minha traqueia. Fecho bem os lábios e enterro o rosto no travesseiro. Meus olhos e meu nariz ardem como loucos quando o arroto escapa pelas minhas narinas. Poucas coisas têm cheiro mais forte do que um arroto de pepperoni. Um arroto de linguiça, talvez. Ou de alho cru. Mas um arroto de pepperoni sempre deixa uma mancha na parede, tão forte que é. Não tem como confundi-lo com qualquer coisa vegetariana.

Mamãe dá tapinhas nas minhas costas. Não preciso nem olhar para saber que ela está cobrindo o nariz com a mão livre.

— Se eu for, você vai me deixar em paz? — digo, meu rosto ainda escondido no travesseiro agora fétido.

— Vou — diz ela, embora eu saiba que está mentindo.

— A que horas é a reunião? — pergunto.

— Dez e meia.

— Tudo bem — concordo. — Eu vou.

Também estou mentindo. Amanhã de manhã vou acordar cedo e sair de casa às 9h.

— Ótimo! — Mamãe beija minha nuca. — Você não vai se arrepender, Hayley. Mudar sua vida é a coisa mais excitante que você pode fazer.

Que tal definhar até desaparecer? Alguma coisa poderia ser melhor do que isso?

Jackie é tão insistente quanto minha mãe. Ela liga, manda e-mails, mensagens de texto, mensagens instantâneas. Não demora vai estar na minha porta. Eu a conheço. Numa outra encarnação, Jackie foi um buldogue.

Por fim, mando uma mensagem de texto de volta. Ainda não posso confiar que minha voz não vá tremer ao telefone.

"Oi", escrevo.

Uma fileira de pontos de exclamação instantaneamente enche a minha tela.

"Precisava de um tmp sozinha", escrevo.

"O Q ACONTECEU???!!!!!!"

Como se arrancasse um Band-Aid de uma só vez, resolvo não prolongar a agonia.

"Drew gosta de vc."

Ai. A casca da ferida sai com ele.

"O Q????"

"Ele quer chamar vc p sair", escrevo.

Enquanto olho a tela de texto na minha mão, esperando a resposta dela, meu telefone toca. Deixo que toque quatro vezes antes de responder.

— Por favor, deixe uma mensagem após o bipe — digo no aparelho, a voz apenas ligeiramente trêmula.

— Hayley...

— Bipe!

— Hayley.

Não consigo dizer nada.

— Não precisa falar — diz Jackie. — Mas, por favor, ouça. Eu sinto *tanto*. Sinceramente, eu mal conheço o cara. Nunca fiz nada para encorajá-lo. Nada. Eu juro.

— Eu sei — digo.

— Meu Deus, Hayley. É terrível. E inacreditável.

É por isso que amo minha melhor amiga. Só Jackie pensaria que o desejo de Drew por ela é um fato terrível. E inacreditável.

— O que você disse para ele? — pergunta ela.

— Disse que falaria com você.

— O quê?! Por quê?

— Não quero que coma o fígado dele quando ele chamar você para sair.

— De modo algum eu...

— Ele é um cara legal, Jackie.

Mais silêncio. Não posso acreditar no que acabei de dizer mais do que Jackie pode acreditar no que acabou de ouvir. Estou dando a ela o sinal verde? Então eu *quero* que minha melhor amiga fique com o garoto que acaba de partir o meu coração? Surpresa com minha própria maturidade, lembro o que minha mãe me disse. Talvez mudar a sua vida *seja* a coisa mais excitante que se pode fazer.

— Não imediatamente, está bem? — digo baixinho. — Preciso de algumas semanas para fechar o buraco aberto em minha aorta.

— Você está falando sério? — Jackie pergunta.

Faço a mesma pergunta a mim mesma. Talvez seja o pepperoni falando, mas acho que sim.

— Por que as duas pessoas que eu amo não deveriam sair juntas?

Ouço a respiração de Jackie pelo telefone. Quase posso ouvir sua mente funcionando também. Pensando em retrospecto, tenho quase certeza de que vi uma centelha nos olhos dela no momento em que ambas vimos Drew Wyler pela primeira vez. Quando ele chegou à Pacific High, era impossível não notá-lo. Ele tinha esse desleixo estudado que me fazia corar. Dava para ver que era inteligente também. Seus olhos abarcavam tudo antes que sua boca se abrisse.

— É meu — eu tinha dito a Jackie.

Ela rira. Aquela era a primeira vez que eu marcava um garoto como meu. Ano passado, não tinha importância. Nenhuma das duas tinha aulas em comum com ele. Este ano, porém, perdi o fôlego quando entrei na sala de Inglês Avançado e o vi sentado lá. Meus joelhos desabaram no assento ao lado do dele e eu não pensei em mais nada que não fosse conseguir que os olhos de laser dele mirassem em mim. Como eu pudera estar tão iludida a ponto de pensar que isso aconteceria?

— Sem chance, Hayley — diz Jackie ao telefone. — Nunca. Jamais. Não vai acontecer. Se Drew Wyler me chamar para sair, vou dispensá-lo em três idiomas. Não, *non, nyet*.

Nesse momento, explodo em lágrimas.

— Graças a *Deus*! — soluço.

Doze

O orgulho não é um dos sete pecados capitais? Acho que me lembro disso de minha tentativa de impressionar Drew me arrastando pelos níveis do inferno de Dante. (Claramente, não funcionou.) Meu inferno pessoal está à minha espera na porta da frente nessa manhã.

— Você achou mesmo que podia me enganar? — pergunta mamãe.

— Eu só ia correr um pouco — digo. — Vou voltar a tempo para sua reunião idiota.

Ela joga a cabeça para trás e solta uma risada de bruxa.

— Como eu sabia que você ia tentar sair de casa mais cedo, menti sobre o horário da reunião. É às 9h30. Ha-ha-ha.

Droga. Caí na armadilha. Reprimo o impulso de cortar minha própria perna e fugir — pulando — para o meu carro.

— Vai ser divertido, querida — diz mamãe alegremente.
— Agora vamos.

A sala da reunião do Waist Watcher fica no terceiro andar de um edifício comercial no Wilshire Boulevard. Minha mãe segura minha mão quando a estendo para o botão do elevador.

— Nunca vá de elevador quando pode subir de escada — diz ela, animada. — Nem de carro quando pode andar. Nem caminhe quando pode correr. Nem corra quando pode...

— Já entendi — digo, com vontade de dar o fora dali. Em vez disso, me arrasto escada acima atrás de minha mãe, que saltita à minha frente como uma gazela.

— Gwen! — Dentro da sala de reunião, uma recepcionista de cabelos pretos pintados abraça minha mãe. — Como foi sua semana?

— Perdi cem gramas de peso, aumentei dez gramas no consumo de fibras!

Deixo escapar um gemido audível.

— E trouxe minha filha, Hayley!

— Eu não sou gorda — digo. — Sou apenas muito baixa para o meu peso.

Cabeça de Graxa de Sapato sorri, condescendente, e me abraça também. Seu perfume se fixa em minhas roupas. O cheiro se mistura ao outro odor na sala: gente gorda tirando os sapatos.

— Bem-vinda!

Eu forço um sorriso. Será que todos aqui falam com pontos de exclamação?

Mamãe se junta à fila de gorduchos de meias. Ela é a pessoa mais magra na sala. Não é de admirar que goste de vir a essas reuniões! A mulher à sua frente tem a parte inferior do corpo tão grande que parece um pino de boliche. O homem no fim da fila, de calça de malha cortada como short, tem os joelhos enrugados de um elefante idoso. Um a um, vão desaparecendo atrás de uma tela. Quando rcaparecem, ou mostram o polegar para cima, em sinal positivo, ou evitam qualquer contato visual.

— Vou ficar ali — digo, apontando uma cadeira vazia do outro lado da sala.

— Fique comigo — replica mamãe. — Só vai levar um minuto.

Para minha suprema aflição, mamãe desaparece atrás da tela e então emite um "U-hu!" bem alto. Ao sair, faz a "dança feliz" que já a vi fazer quando Quinn tira uma nota A ou concordo com uma tarde de mãe e filha.

— Alcancei minha meta no peso! — ela grita.

O Homem-Elefante bate palmas. Outros na fila dão vivas, mas eu não consigo olhar. Será que minha mãe é estúpida feito uma porta? A maior parte dessas pessoas está tão longe de seu gol que não está nem no campo.

— A fibra é dez! — diz mamãe enquanto eu praticamente corro para o outro lado da sala.

A reunião dura meia hora, mas a sensação que tenho é de meia semana. Acabo descobrindo que Cabeça de Graxa de Sapato é a líder.

— Para informação dos novatos — diz ela, olhando diretamente para mim —, perdi 33 quilos, e venho mantendo o peso há cinco anos.

O grupo aplaude quando a mulher apresenta uma foto ampliada de seu antigo corpo ampliado. Estou impressionada com o sucesso dela. No entanto, não posso deixar de notar que ela ainda poderia perder uns vinte quilos.

— O verão está chegando — continua ela —, e todos sabemos o que isso significa. Biquínis!

Caio na gargalhada. Com sinceridade, pensei que ela estivesse fazendo uma piada. Mamãe me lança um olhar feroz enquanto a líder prossegue:

— Quem quer partilhar os sucessos e desafios da última semana?

Várias mãos se erguem.

— Theresa?

Uma senhora idosa, com duas nuvens de algodão no lugar da parte superior dos braços, começa:

— No fim de semana passado foi o casamento do meu filho.

Coletivamente, o grupo geme em solidariedade.

— Sinceramente — conta Theresa —, os minirrolinhos primavera ficaram me chamando a noite toda!

Uma sala repleta de queixos duplos assente.

— No casamento da minha filha — conta outra mulher —, o problema eram as torradas com salmão defumado. Não pude me conter.

— E o bolo? — gritou alguém.

O grupo todo geme e partilha histórias sobre muitos bolos que sussurravam em seus ouvidos.

Eu me sinto enjoada. É para isso que estou caminhando? Será que aperitivos vão ficar chamando o *meu* nome? Os bolos vão zombar de mim? Minha vida vai se transformar em uma série de números? Gramas de gordura, calorias, quilos, minutos de exercício? Será que vou ficar mais excitada com fibras do que com meu marido?

Outra mulher levanta a mão para perguntar se alguém sabe quantas unidades do Waist Watcher tem em um marshmallow (ela ainda tem vários de Páscoa no congelador). Quando começa o debate, aproveito a oportunidade para me pôr de pé e sair correndo da sala. Não paro até não conseguir mais correr.

Não é de surpreender que eu me veja perto da casa de Jackie.

— Quer ver um filme? — pergunto, ofegante.

— Legal — diz ela.

Antes de irmos para o Cineplex, ligo para o meu pai e aviso que vou ficar o dia todo fora. Nem volto para o jantar.

— Está bem — diz ele. Papai nunca faz perguntas.

No cinema escuro, com um pote grande de pipoca com manteiga no colo, afundo no assento macio e me deixo evaporar para a tela. Eu me transformo na atriz que conquista o cara. Uso suas roupas, sinto a liberdade de seu corpo. Até Jackie me perguntar "Você está bem?", eu nem percebo as lágrimas que escorrem pelo meu rosto.

Já é noite quando chego em casa.

— Hayley?

A voz de mamãe chama da sala. A casa está sinistramente silenciosa. Quinn deve estar jogando videogame no quarto.

— Desculpe ter saído correndo, mãe — grito, a caminho do meu quarto.

— Você pode vir aqui um minuto?

Um arrepio me detém. A voz dela está estranha.

— Está tudo bem? — pergunto.

— Venha até aqui — diz mamãe.

Com o coração batendo forte, faço meia-volta e passo pela porta dupla de vidro que leva à sala, onde mamãe está sentada. Papai também. A televisão está desligada.

— Qual o problema? — pergunto.

— Sente-se.

Eu me sento.

— Seu pai e eu estávamos tendo uma conversa séria — começa mamãe, suspirando.

As lágrimas imediatamente se formam em meus olhos.

— Vocês vão se divorciar? — pergunto.

— Não — replica mamãe, rindo. — Estávamos falando de *você*.

Minhas lágrimas secam. Em seu lugar, as palmas das minhas mãos ficam úmidas.

— O que tenho eu? — pergunto.

— Estamos preocupados com você — diz papai.

— Por quê? Estou *bem*.

— É o seu peso, querida — responde mamãe.

Eu me levanto de um salto.

— Meu Deus, mãe! Quando é que você vai largar do meu pé?!

— Você está absolutamente certa — diz ela.

Minha boca se escancara. Fico ali parada, piscando.

— Seu pai e eu achamos que, neste momento, eu posso estar fazendo mais mal do que bem.

Meu pai se inclina para a frente.

— Conversamos com uma terapeuta — diz ele. — Ela acha que você pode estar sob uma forte pressão agora. Pressão da imagem do corpo.

— *Hello!* Eu moro no sul da Califórnia, onde existem mais frequentadores de academia do que de biblioteca. É! Acho que estou sob um pouquinho de pressão.

— Que tal uma folga neste verão? — pergunta mamãe.

— Eu *não* vou para um acampamento de gordos! — grito.

— Tínhamos outra coisa em mente — diz papai gentilmente. — Lembra-se de Patrice?

— A amiga da mamãe, Patty? — pergunto.

Minha mãe faz que sim com a cabeça.

— Ela agora se chama Patrice.

Lembro-me muito bem de Patty — Patrice. Eu a conheci quando ainda era criança, mas a vi algumas vezes depois disso. Patrice era a melhor amiga da minha mãe na faculdade. Lembro-me de ter tido o mesquinho pensamento de que Patrice era legal demais para ser amiga de mamãe. Tão legal, de fato, que se casou com um ita...

— Patrice tem uma casa grande na Úmbria — conta mamãe. — Ela convidou você para passar o verão com eles.

— Isso é uma piada, mãe? Por eu ter saído da reunião do Waist Watcher?

Mamãe se levanta e vem em minha direção.

— Não é nenhuma piada. A terapeuta acha que você precisa de uma mudança de ares. Então, liguei para Patrice. Os filhos dela são mais novos do que você, mas ela ficou feliz em receber você lá.

Estou sem fala.

Pelas minhas costas, meus pais vêm falando mal de mim com uma terapeuta. Minha própria mãe está se livrando de mim, me mandando para servir de babá para crianças estrangeiras durante todo o verão. Jackie vai estar um continente e um oceano distante de mim... e a poucos quilômetros de Drew. Eu não falo italiano. Não gosto de conhecer gente nova. E não tenho a menor ideia de onde fica a Úmbria...

Quem se importa?!

Eu vou para a Itália!

Treze

— Você não pode ir para a Itália!

É manhã de segunda-feira. O ano letivo termina em duas semanas. Jackie está no banco do carona enquanto eu dirijo até a Pacific High. O mesmo caminho que sempre tomo. Mas, nesta manhã, tudo está diferente.

— Como você pode ir para a *Itália*? — pergunta minha melhor amiga, quase em lágrimas.

Eu ia ligar para ela na noite passada, mas ainda não era real. Os lábios dos meus pais se mexiam enquanto eles falavam da minha viagem, mas suas palavras não penetravam o meu cérebro. Eu ficava piscando, com o olhar fixo. Quem são essas pessoas? Não tenho o tipo de pais que mandam a filha para a Europa.

— Ty ia nos ensinar a surfar à noite! — choraminga Jackie.

— Nunca concordei com isso — digo.

— Mas eu tinha todo o verão para convencer você!

Desde que meus pais de verdade foram clonados e começaram a dizer coisas como: "Um verão na Itália será uma vantagem em seu processo de seleção nas universidades", e "Você já tem idade suficiente para tomar conta de si mesma durante algum tempo", eu me sinto como se tivesse sido transportada para a vida de outra pessoa. Isso é um novo reality show? *O sonho de Hayley.* Será que vou acordar com um convite para almoçar no Olive Garden em vez de uma passagem para Roma?

— Vou sentir sua falta horrivelmente — diz Jackie, fungando.

— Eu também — respondo, percebendo de repente que vamos ficar separadas por dez longas semanas.

— É pior para mim — afirma Jackie. — Eu é que estou sendo abandonada.

Não posso deixar de pensar que preferia ficar em Santa Monica, perto de Drew, a ir para a Itália e ficar sozinha. Mas essa é uma questão irrelevante. Vou ficar sozinha, independentemente do continente em que esteja. Sem amor, com meu rostinho bonito.

Jackie ouve meu suspiro.

— Divirta-se — diz ela, relutante.

— Vou tentar.

— Mas não *tanto* que se apaixone completamente pela Itália e não volte mais.

— Impossível — digo, sorrindo. — É quente demais.

— Certo — replica ela —, então me prometa que não vai visitar os Alpes italianos nem a Alemanha ou a Suíça ou qualquer um dos países mais frios lá de perto.

Rindo alto, eu prometo.

Entrando no estacionamento dos alunos da Pacific High, paro e olho o meu cabelo no retrovisor. Quando olho meus olhos azul-acinzentados, vejo uma garota na borda de um precipício. Trata-se de um precipício gramado, de um verde cor de jade, erguendo-se acima de um mar de águas suaves, cor de safira. Seu vestido transparente dança com a brisa; ela está descalça. Os dedos dos seus pés se curvam sobre a borda. Seu coração martela. Ela está com medo. Será que vai voar ou cair feito uma pedra?

— Vou mandar e-mails todos os dias — digo, inclinando-me no assento para abraçar minha melhor amiga antes que ela possa ver as lágrimas aflorando nos meus olhos.

— Oi — diz Drew quando me sento perto dele na aula de inglês.

Estou usando minha roupa preferida: jeans velho e uma blusa branca nova de renda. Meu cabelo está preso e a sandália é rasteirinha. Agora o principal é o conforto, ainda que eu me sinta totalmente desconfortável ao lado do garoto que partiu meu coração. Não quero vê-lo. Quero fingir que nunca fomos à praia. Não quero olhar nos olhos dele e ver seu desejo por outra pessoa.

— Oi — digo de volta.

Mais que depressa, puxo um livro da mochila e enterro o rosto nele. Ainda assim, posso sentir seu olhar em mim. Sei o que ele quer saber. *Você falou com ela?*

— Já escolheu seu livro do verão? — pergunto, erguendo os olhos.

Deixe-o esperar.

— Estou pensando em *Ardil 22* — diz ele. — Ou *Entre quatro paredes.*

Concordo com a cabeça e engulo o nó na minha garganta. Estou acostumada a ambos os sentimentos. Drew prende o cabelo atrás da orelha. Sua perna direita, eu percebo, balança para cima e para baixo. Ele parece nervoso. Ao lado dele, tenho vontade de desaparecer.

— Abram o caderno, turma — diz a Sra. Antonucci. — Esta manhã quero que você escrevam uma redação em dez minutos sobre a cor vermelha.

— Refere-se à letra escarlate? — brinco.

Todos riem. Exceto Drew. Ignorando seu olhar, tiro meu caderno da mochila e abro em uma página em branco.

— Prontos? — pergunta a Sra. Antonucci. — Comecem.

Respirando fundo, começo.

"Vermelho", eu escrevo, "é a cor da *vida*. É sangue, paixão, fúria. É o fluxo menstrual e o que se segue ao parto. Começos e fins violentos. Vermelho é a cor do amor. Corações pulsantes e lábios famintos. Rosas, cartões de amor, cerejas. Vermelho é a cor da vergonha. Faces carmim e sangue derramado. Corações partidos, veias abertas. Um desejo ardente de voltar ao branco."

Paro e levanto a cabeça. Meu coração está pesado. Meus olhos ardem. Algum dia eu vou conhecer a paixão do vermelho? Os lábios famintos de um garoto um dia vão procurar os meus?

— Terminou, Hayley? — pergunta a Sra. Antonucci.

— Sim — digo, deixando a caneta na mesa. Então fecho o caderno e espero o restante da turma acabar.

Catorze

De alguma forma, milagrosamente, chegou. O último dia de aula. Eu me sinto ao mesmo tempo animada e vazia, olhando para a frente e para trás a cada batida do meu coração. Amanhã, digo adeus a tudo e a todos que conheço. Até à minha língua! Será que vou fazer amigos na Itália? Será que vão pensar que sou uma americana obesa? Eu *sou* obesa? Qual é o peso limite?

"*Ciao,* Hayley." É o que venho escrevendo em anuários. Não que eu assine muitos deles. Ao contrário de Jackie, que já está praticamente sofrendo de tendinite.

"Grave na memória cada momento", a Sra. Antonucci escreve no meu anuário. Uma semana atrás, quando lhe falei de meu verão na Itália, ela suspirou e disse:

— Ah, a melhor comida do mundo.

Por dentro, gemi. Isto era tudo de que eu precisava: um verão engordativo.

Silenciosamente, a Sra. Antonucci inclinou-se em minha direção e acrescentou:

— Abra-se para tudo que vai viver, Hayley. Não se reprima.

Não tenho muita certeza do que ela quis dizer com isso e, sinceramente, fiquei um pouco assustada. Ela estaria falando sobre comida? Abrir-me para espaguete e almôndegas? Ela tem alguma ideia sobre que tipo de monstro selvagem seria libertado se eu não segurasse as rédeas do meu apetite com todas as minhas forças?

— Sim, está bem — disse, embora já houvesse formulado um plano totalmente diferente. No momento em que pisar em solo italiano, vou me refrear. Se eu comer menos de mil calorias por dia, vou voltar para casa com uns 15 quilos a menos. Em lugar de um verão ao *largo* daqui, vou ter um verão ao *estreito*. Sem minha mãe respirando no meu cangote, deve ser fácil. Patrice é legal. Ela não vai farejar meu hálito em busca de conservantes.

— Ei.

Com as mãos enfiadas nos bolsos da frente, Drew de repente aparece no pátio. Meu coração instantaneamente sobe para o pescoço. Consegui evitá-lo pelas duas últimas semanas. Até mudei de lugar na aula de Inglês, fingindo precisar de óculos e não conseguir ver o quadro de giz. O que eu podia ver, porém, era a mágoa nos olhos dele. Como se fosse meu irmão patinando no gelo sozinho.

Agora não consigo olhar em seus olhos.

— Tudo bem? — pergunto, olhando sobre seu ombro.

Drew se aproxima, e meu rosto fica vermelho. O que me deixa irritada de verdade. Quando seu cérebro sabe que acabou, quanto tempo leva para o restante do corpo entender a mensagem?

Ele simplesmente fica me olhando. Não diz uma só palavra. Não precisa.

Baixo os olhos para os meus pés.

— Estava querendo falar com você — digo, nada convincente.

Os músculos no rosto dele se contraem e relaxam. Seus olhos negros perfuram minha alma.

— Sobre Jackie — acrescento.

— O que tem ela? — pergunta ele.

Não tenho a menor ideia do que dizer. Não posso lhe dizer a verdade e ele vai saber imediatamente se eu mentir.

— O que tem ela? — repete Drew, decididamente com um tom de impaciência na voz.

Estou de volta ao precipício. Meus dedos se agarram à borda e meu coração bate com tanta força que dói.

Não se reprima, Hayley.

— Que diabo — digo.

E salto.

— Jackie vai estar muito triste este verão porque eu não estarei aqui. Embora ela ainda não saiba, vai gostar se você ligar para ela. Vai dizer não se você a chamar para sair, mas continue chamando. Ela também gosta de você. Confie em mim.

Respirando fundo, acrescento:

— Eu também gosto de você.

Os lábios de Drew se curvam em um sorriso.

— Obrigado — diz ele simplesmente. Em seguida, faz meia-volta e se afasta. Fico observando enquanto ele vai se tornando menor, gravando a imagem de suas costas em minha mente.

De repente, ele se vira.

— Hayley!

— Sim?

— *Ciao.*

Quinze

Saí do emprego e já fiz a mala. Tenho um passaporte, trezentos euros e um cartão ATM na carteira de viagem que papai me deu e que pende do meu pescoço. Também tenho uma foto de Patrice recebida pela internet. Não que eu precise dela. Tenho certeza de que ela vai reconhecer instantaneamente a garota americana de Levis apertada e com uma expressão de pânico no rosto.

Meu avião parte às 6h da tarde, voa durante toda a noite e chega a Londres ao meio-dia — horário britânico — no dia seguinte. Do Aeroporto de Heathrow, em Londres, pego um voo às 2h 15 para Roma, onde Patrice vai me encontrar. Calculando os diferentes fusos horários, vou viajar 24 horas direto. É a coisa mais adulta que já fiz. Ainda estou em choque com o fato de meus pais me mandarem em uma viagem durante todo o verão. Mesmo uma terapeuta tendo sugerido.

Uma esteticista uma vez sugeriu um leve peeling químico para eu me livrar das sardas e mamãe ficou, bem, *horrorizada*.

Hoje cedo pela manhã ela vistoriou minha mala e tirou as coisas de que eu *não* vou precisar.

Meu telefone. (Não tem cobertura.)

Minhas chaves. (Ela vai abrir a porta para mim quando eu voltar para casa.)

Meu suéter favorito. (Na Itália faz calor.)

Ela também encontrou as barrinhas de Milky Way que guardei no bolso com zíper.

— Hayley — disse em tom de censura.

— São Milky Way em *miniatura*, mãe.

Emitindo ruídos de desaprovação, ela os confiscou. Fiz uma anotação mental para verificar as lixeiras antes de sairmos.

Passei o dia todo atordoada. Sei que devia estar em êxtase, mas aconteceram coisas demais, rápido demais. Meu cérebro é como meu metabolismo: letárgico quando se exige que trabalhe horas extras. A pele em minhas bochechas está formigando, e é quase como se meus ouvidos estivessem com tampões de algodão. Ouço todo mundo, mas suas vozes estão abafadas.

— Francesco Totti — diz Quinn.

— O qu...?

— Meu Deus, Hayley — berra Quinn para mim. — Eu já disse um milhão de vezes! É o meu jogador de futebol favorito. Você pode, *por favor*, comprar um camisa dele para mim ou trazer o autógrafo dele? *Deus do céu.*

Reviro os olhos.

— Você não pode ser fã de futebol americano como um garoto americano normal?

Mamãe sai da cozinha e me entrega uma sacola de papel.

— Para o avião — diz ela.

Espio lá dentro, dou uma cheirada.

— De jeito nenhum eu vou levar um sanduíche de peru de tofu para a Itália!

— Coloquei abacate também — diz ela, meio cantando.

Papai, atrás dela, me lança um olhar do tipo sorria-agora-e-jogue-fora-depois.

Eu sorrio. Vou jogar o sanduíche fora quando for pegar minhas barras de Milky Way. Isto é, Milky Way em *miniatura*.

— Saímos daqui a meia hora — diz papai. — Se alguém precisa ir ao banheiro, vá agora.

Não preciso fazer xixi, mas tem outra coisa que *preciso* fazer.

— Volto já — digo.

— Hayley!

— Não se preocupe, pai. Vou voltar a tempo.

Antes que qualquer um dos dois possa me deter, abro a porta do apartamento, disparo pelo corredor e saio correndo do edifício.

Imediatamente, fico cega com a claridade do sol. Será que a Itália vai ter essa luz assim atordoante? Estreitando os olhos, mantenho a cabeça baixa e continuo correndo até a casa de Jackie.

— Preciso falar com você — digo, arquejando, quando ela abre a porta da frente.

— Você não vai mais para a Itália?! — Os olhos de Jackie se iluminam.

— Vou.

Ela resmunga.

— Entre.

Nos despedimos ontem à noite. Chorando, nos demos conta de que havíamos nos falado quase diariamente nos últimos cinco anos. Falamos sobre nada, sobre tudo, sobre qualquer coisa. No entanto, hoje, antes de partir para ficar fora todo o verão, preciso falar sobre mais uma coisa.

— Sente-se — digo.

— Sentar? Oh-oh. Você vai me mandar para o paredão?

— É importante.

Jackie se senta. Suas sobrancelhas se juntam de preocupação.

— Não fale nada até eu terminar, está bem? — digo.

Ela assente com a cabeça. Respiro fundo, solto o ar e então começo:

— Você é minha melhor amiga. Eu adoro você. Quero que tenha um verão maravilhoso. E quero que você saia com Drew se v...

— Claro que não, Hayley!

— Deixe-me terminar.

Jackie faz biquinho e aperta os lábios com o polegar e o indicador.

— Drew gosta de você, e eu sei que você nunca vai nem mesmo olhar para ele por minha causa. Então, foi isso que vim aqui dizer. Ele é um cara legal de verdade. Mesmo que nada aconteça entre vocês dois, sei que ele nunca vai gostar de mim mais do que como amiga. Por isso, o que estou dizendo é que está tudo bem para mim se você ficar com ele este verão. Estou dando o sinal verde para você.

Jackie me olha fixamente e pisca.

— Tudo bem? — pergunto.

— Posso falar agora?

— Sou toda ouvidos.

— Não tenho nenhum interesse em Drew Wyler. Até que ele é legal para um cê-dê-efe. Mas esse tipo monossilábico, que ama os livros, não me atrai. Como você sabe, estou de olho em Wentworth Miller. Embora ainda não saiba como vou chamá-lo. Wenty? Worthy? De qualquer forma, obrigada pelo sinal verde, Hayley, mas Wenty e eu passamos. Ou será Worthy e eu...?

Eu rio.

— Tudo bem se mudar de ideia.

— Não vou mudar — afirma Jackie. — Agora vá. Antes que eu mude de ideia em relação a me atirar na frente do carro dos seus pais para que eles não possam levá-la para o aeroporto.

Dezesseis

O Terminal Internacional do Aeroporto de Los Angeles foi rebatizado de Tom Bradley International Terminal alguns anos atrás em homenagem ao prefeito. Mas ninguém chama o aeroporto de Los Angeles de outra coisa que não seja LAX. Não *lax,* como em re*lax*, mas L-A-X.

Como tenho de fazer o check-in duas horas antes da saída do meu voo e provavelmente vai haver trânsito na estrada, meu pai decretou que saíssemos de casa às 3h. Às 3h 15 minha família está toda no carro.

— É sério — digo, quando papai se afasta do meio-fio. — Não é preciso todo mundo esperar comigo.

— É claro que vamos esperar com você! — diz mamãe. — Acha que vamos simplesmente deixá-la lá?

— Sonhar não é proibido — murmuro baixinho.

— Aquelas taxas de estacionamento são absurdas, Gwen.

Ignorando-o, minha mãe se volta para mim, no banco traseiro.

— Você percebe, docinho, que é a primeira dos meus filhos a sair dos Estados Unidos?

— Quinn tem *doze* anos, mãe. Não é preciso ter pelos pubianos antes de ter permissão para deixar o país?

Quinn dá um soco no meu braço.

— Não diga palavras como *pubiano* quando estiver com Patrice, Hayley — adverte mamãe. — Quero que ela veja que eduquei uma dama.

— Você educou sim uma dama — replico. — Devia ver o soquinho de dama de Quinn.

Quinn soca novamente meu braço, *com força.*

— Ai.

— Parem com isso aí atrás — diz papai por sobre o ombro. — Aproveite esses anos sem pelo, Quinn. Quando tiver a minha idade, os pelos vão começar a brotar em suas orelhas.

— Eca — meu irmão e eu gememos.

— Se eu me lembro bem — diz mamãe, pensativa —, as mulheres italianas não depilam as axilas. Nem as pernas.

— Mas tiram o bigode — diz papai, dando uma risadinha.

— Você trouxe sua gilete, Hayley? — diz Quinn.

— Você sente inveja porque eu *tenho* o que tirar — respondo.

Quando chegamos ao aeroporto, as brincadeiras familiares se deterioraram, restando apenas vagos resmungos. Estamos todos suados e irritados. Meu pai se recusa a ligar o ar-condicionado do carro a menos que estejamos nos primeiros estágios de insolação. O que provavelmente é o caso.

— Os aparelhos de ar-condicionado são ruins para o meio ambiente — diz papai todas as vezes que reclamamos. Mas ele não engana ninguém. No momento em que os preços da gasolina passaram de dois dólares o galão, meu pai se transformou em um ávido conservacionista do ambiente dentro de sua *carteira*.

Damos duas voltas no aeroporto procurando um parquímetro aberto. De má vontade, papai desiste e entra no estacionamento.

— Assalto à mão armada — resmunga ele.

No momento em que salto, o calor de mais de 30 graus no estacionamento me oprime. Sinto-me como se estivesse sendo passada a ferro. Pelo menos estou fora do pântano do carro. Com rostos vermelhos e molhados, minha família caminha penosamente para o terminal na extremidade mais distante do estacionamento, onde mamãe insistiu que estacionássemos.

— Hayley vai ficar sentada imóvel a noite toda — diz ela. — Precisa de exercício. Nós todos precisamos.

— Eu não estaria deitada, dormindo em minha cama, se estivesse em casa? — pergunto.

Mamãe faz um ruído tipo *pssst* e diz:

— Ande, simplesmente. Com rapidez.

Assim, andamos. Mas sem nenhuma rapidez. Papai esfrega o ombro enquanto puxa minha mala com rodinhas. Mamãe irritantemente corre em círculos à nossa volta. Quinn bate os pés na calçada e estoura bolas de chiclete no meu ouvido. Pensei que fosse sentir uma pontada de tristeza por deixar minha família durante todo o verão, mas surpreendentemente não sinto.

— Última chance de me deixarem aqui na entrada — digo, esperançosa. Mas todos se arrastam para dentro.

Felizmente, o terminal tem ar-condicionado. Meu suor rapidamente se transforma em água gelada no meu rosto. Ainda mais felizmente, apenas os passageiros com bilhete podem ultrapassar o posto de fiscalização da segurança. Os últimos vestígios dos laços familiares vão ser consumidos na fila serpenteante que leva ao funcionário do check-in.

— Na casa de Patrice, lembre-se de ser a primeira a se levantar após o jantar para que você possa lavar os pratos — diz mamãe. — E faça sua cama todos os dias. Estou dizendo isso mesmo, Hayley. *Todos* os dias.

— Eu não vou envergonhar você, mãe. Pode me fazer a mesma promessa?

— Não seja engraçadinha.

Finalmente, chega minha vez de fazer o check-in.

— Você esteve em posse da sua mala o tempo todo? — a funcionária da companhia de aviação me pergunta.

— Não — digo.

Ela ergue os olhos.

— Onde ela esteve?

— Nas mãos do meu pai.

Ela suspira.

— O propósito dessa pergunta é determinar se um estranho não colocou nada furtivamente em sua mala.

— Ah. Não. Embora minha mãe possa ter colocado furtivamente um pacote de cenouras. Ninguém consegue detê-la.

A funcionária sorri.

— Tudo pronto — ela diz, me entregando o bilhete de bagagem e o cartão de embarque. — Portão 11.

Com a bolsa de mão pendurada no ombro, estou pronta para ir.

— A verificação de segurança pode levar algum tempo — digo. — É melhor eu ir para a fila.

Relutante, minha mãe faz que sim com a cabeça. Ela morde o lábio e pega um lenço de papel na bolsa.

Meu pai me abraça e diz:

— Seja uma boa menina, querida.

— Até — diz Quinn, e faz uma imensa bola de chiclete, que estoura no seu rosto.

Seguindo pelo caminho mais seguro, abafo uma risada e me viro para um abraço de despedida em minha mãe.

— Espere! — grita ela. Dando meia-volta, mamãe dispara para a banca de jornal mais próxima.

— Eu já tenho a revista *People!* — grito. Ela não ouve, grande novidade! Cinco minutos depois, minha mãe volta correndo com uma imensa garrafa de água.

— Hidrate-se bastante antes de entrar no avião — me diz ela, sem fôlego.

— A segurança vai confiscá-la — digo.

— Então beba enquanto está na fila.

— Para que eu tenho um assento se vou passar o voo todo no banheiro? — zombo.

— Estou falando sério, Hayley. Viagens aéreas sugam toda a umidade do seu corpo. Se não reabastecer, vai pagar um preço alto.

— Por falar em preços altos — lembra papai —, se passarmos mais dez minutos aqui, a taxa de estacionamento aumenta dez dólares.

— Tchau, mã... — Antes que eu possa detê-la, mamãe agarra minha bolsa de mão e abre o zíper.

— Vou colocar sua garrafa de água na... Hayley!

— Vou sentir tanta saudade sua — digo, lançando os braços rapidamente em torno dela enquanto tento fechar a bolsa. — Você é a melhor mãe do...

— Hayley, Hayley, Hayley.

Apanhada.

Baixo a cabeça enquanto minha mãe tira as barrinhas de Milky Way resgatadas da lixeira. Então, ela procura inutilmente na bolsa a sacola de papel pardo que me deu mais cedo.

— Você pelo menos experimentou o sanduíche de peru de tofu? — ela pergunta, balançando a cabeça.

— Não — murmuro.

— É tarde demais para pedir uma refeição vegetariana especial no avião!

— São Milky Way em *miniatura*, Gwen — diz papai, tentando ajudar. — Dê uma folga à menina. O voo é longo.

— Meu Deus, Hayley. Você come lixo — provoca Quinn.

— Cale a boca, seu idiota sem pelo — devolvo.

— Certo. — Mamãe respira fundo para se acalmar. — Nenhum dano foi causado ainda. Pegamos a tempo.

Olhando dentro dos meus olhos, ela diz:

— Diga-me honestamente, querida, tem outro contrabando na sua bagagem de mão?

— Além dos meus frascos de crack?

— Isso não é hora de piadas. Você está embarcando em uma viagem que vai mudar sua vida. Se você *permitir.* Só quero que comece com o pé direito.

Esticando o pé direito à frente, eu digo:

— Estou pronta, mamãe. Agora me dê a bolsa de volta. Prometo que vou me hidratar. Leve minhas barrinhas. Se for preciso, me faça mergulhar em água benta. Mas me deixe ir, está bem?

Mais uma vez mamãe morde o lábio.

— Você sabe que tem uma praça de alimentação lá dentro, não sabe? Já estabeleceu um plano de ataque? O que vai fazer quando um Big Mac chamar você?

— Mãe!

— Tlintlintlim — diz papai, apontando para o relógio em seu pulso.

— Tenho que ir ao banheiro — informa Quinn.

Papai o fuzila com o olhar.

— Não foi em casa?

Quinn não responde, só cruza as pernas.

— Eu vou ficar bem — digo, puxando delicadamente minha bolsa de sua mão firme. — Não vou falar com estranhos nem com Big Macs.

— Como se diz McDonald's em italiano? — Quinn pergunta. — McDonaldo?

— Você tem cinco minutos para encontrar o banheiro e usá-lo, Quinn.

De repente, percebo que minha mãe está chorando.

— Meu bebê está crescendo — diz ela, fungando.

— Para os lados — diz Quinn.

— Vá — ordena papai — ou segure até chegarmos em casa.

Quinn sai correndo enquanto papai diz:

— Me dê aquelas barrinhas de Milky Way, Gwen. Eu jogo fora para você.

— Por acaso *pareço* alguém que nasceu ontem? — mamãe rebate.

Segurando as barrinhas na mão, ela se afasta marchando e faz uma cena única e dramática ao espremê-las e jogá-las na lixeira.

— Você tem razão, mãe — digo quando ela volta. — Estou prestes a começar uma vida nova. Um eu novinho em folha. Obrigada por se preocupar tanto.

— É claro que me preocupo. Você é a minha filhinha.

Com isso, minha mãe se desmancha em lágrimas outra vez.

— Devíamos ter usado o estacionamento de longa duração — murmura papai.

Abraço meus pais e digo um rápido adeus. Quinn ainda não voltou do banheiro, mas não vou deixar escapar essa oportunidade.

— Amo vocês! — grito ao sair correndo, carregando minha gigantesca garrafa de água. No instante em que dobro a esquina e me encontro fora do seu campo de visão, desacelero e respiro. Minha aventura de verão está oficialmente começando.

Há uma fila pequena diante do detector de metais, e eu avanço, centímetro a centímetro, na direção do meu destino. Depois de passar pela segurança, ando do portão 1 ao 10, passo por um Starbucks e um Mickey D's. Não paro até chegar ao Cinnabon, cujo cheiro estou sentindo desde que entrei na praça de alimentação.

— Pecã com caramelo — digo ao atendente, o coração em disparada. — Quente, com manteiga.

Ei, é vegetariano, afinal.

Meu eu novinho em folha começa amanhã. Neste momento, estou morrendo de fome.

Dezessete

Odeio admitir, mas minha mãe tem razão. A excitação da viagem de avião se esvai após várias horas sentada imóvel e espremida. Fico feliz por ter feito um pouco de exercício no estacionamento. Fico feliz por ter comido um Cinnabon também, apesar de ele se encontrar inflado no meu estômago como um travesseiro extra da companhia de aviação. O frango "grelhado" que me servem no jantar tem gosto de tofu. Parece que estou comendo em casa.

— Eu costumava poder cruzar as pernas na classe econômica — diz a mulher idosa ao meu lado. Seu batom laranja penetrou nas rachaduras acima de seu lábio. — É uma desgraça o que aconteceu com os aviões. Agora são como ônibus voadores.

Sorrio, aliso meu cobertor da companhia aérea e encosto a cabeça na janela.

— Você vai ficar em Londres? — pergunta ela.

— Não — respondo. — Vou pegar uma conexão para Roma.

— Ah, Roma. Eu me lembro de quando era motivo de orgulho para a Europa. Agora está cheia de automóveis e poluição.

Faço que sim com a cabeça e ajusto meus fones de ouvido.

— Fizeram você tirar os sapatos no embarque? — pergunta ela. — O que virá em seguida? Revista das cavidades corporais?

O que eu não daria, nesse momento, por uma minibarra Milky Way.

Assentindo outra vez, me aconchego à janela e finjo dormir. De jeito nenhum eu vou aturar dez horas e meia de queixas. Não quando estou prestes a me transformar em outra pessoa.

Pelo restante da noite, durmo um pouco, faço xixi duas vezes (obrigada, mamãe), assisto a uma reprise de *Two and a half men*, ouço meu iPod, leio, finjo dormir e fico olhando pela janela. Tento assistir a um filme, mas tudo que consigo ouvir em meus fones de ouvido é o rugido do motor.

— Eles costumavam exibir os filmes em uma tela maior — a senhora ao meu lado diz no instante em que meus olhos se abrem —, não essas minúsculas telinhas individuais. É como assistir a um filme pelo olho mágico!

Mais uma vez, faço um gesto de concordância com a cabeça. Então fecho os olhos e me recuso a abri-los até sentir o sol no meu rosto.

Na minha mente, passo meu próprio filme. *O incrível verão encolhedor de Hayley.* Vejo-me correndo todas as manhãs passando por ruínas romanas, comendo apenas molho de tomate. Meu coração se contrai de dor quando vejo um flash de Jackie e Drew. Com saudade de Jackie. Querendo que Drew gostasse de mim. Estremecendo com a ideia dos dois juntos. Orgulhosa da minha maturidade ao lidar com a possibilidade e sair do caminho. Na verdade, Drew e Jackie fariam um lindo casal. Ela é a garota que eu sempre quis ser; ele é o cara que eu sempre quis ter. Que combinação seria melhor?

— Estamos atrasados — diz a senhora quando minhas pálpebras delicadamente se abrem para a impressionante visão do sol se levantando acima das nuvens. Não tenho a menor ideia de onde estou, mas parece o paraíso. Antes que a nuvem negra sentada ao meu lado possa me deprimir, aumento o volume dos meus fones de ouvido. Meu coração bate forte. Em mais algumas horas, estarei aterrissando em um pedaço da Terra totalmente estranho. Todos que eu conheço e amo estão a milhares de quilômetros de distância. Uma onda de medo corre por minhas veias.

— Fique fria, Hayley — digo a mim mesma. — Você já é uma garota grande. — Então acrescento, com uma risadinha — Grande *até demais*. Mas vamos cuidar disso neste verão.

Felizmente a primeira parada é a Inglaterra. Não tenho que me preocupar com o fato de não falar a língua.

No Aeroporto de Heathrow, em Londres, eu me vejo em um universo paralelo. Ouço minha língua nativa, mas mal entendo uma palavra.

Enquanto sigo as indicações até o meu voo de conexão, a agitação do principal aeroporto de Londres me desperta. É sensacional. Como LAX depois do término da escola. Aqui há lojas caras, um sushi bar a cada esquina e pubs escuros, forrados de couro. Como vou chegar a Roma na hora do jantar — 6h —, acho melhor comer alguma coisa agora. Patrice mora fora da cidade. Quando chegarmos à casa dela, já terei mesmo perdido o jantar.

Consulto o relógio no meu pulso. Tenho cerca de uma hora. Totalmente irado!

— Peixe com fritas, por favor — peço, me sentindo adulta em uma mesa de um dos pubs. — E uma Coca.

Minha dieta só começa quando eu chegar à Itália. Enquanto estiver na Inglaterra...

O óleo escorre da cobertura frita do peixe quando dou uma mordida. As fritas estão salgadas e quentes. A Coca é doce e fria. Essa talvez seja a melhor refeição que já fiz na vida.

Infelizmente, o serviço é lento e não dá tempo para a sobremesa. Não se eu quiser ir ao banheiro antes de embarcar no avião para Roma. Erguendo a mão, faço aquele movimento, como se estivesse escrevendo no ar, que já vi meu pai fazer quando quer que o garçom traga a conta. Parece que se trata de um gesto internacional, porque o garçom instantaneamente assente. Levo a mão ao meu cordão-carteira e paraliso. Eu só tenho euros! E estou na Inglaterra. A única coisa de que me lembro de minhas aulas de História Europeia no ano passado — afora o fato de que o rei Henrique VIII "divorciou-se" de duas de suas seis esposas decapitando-as — é que a Inglaterra se recusou a trocar sua moeda pelo euro. O que irrita profundamente os europeus que gostam de viajar sem problemas tanto quanto os americanos.

— Eu sinto muito — digo ao garçom quando ele traz a conta. — Tem algum lugar aqui onde possa trocar meus euros?

— Mole, mole — diz ele.

Ergo os olhos para ele, boquiaberta.

— Não esquenta, amor — traduz ele. — Nós aceitamos euros.

Ufa. Pago, deixo uma enorme gorjeta e sigo para o portão.

A Inglaterra é outro universo.

Três horas depois, pouso em outra galáxia.

Dezoito

— *Felice di vederti!*

O marido de Patrice — creio eu — me abraça com entusiasmo e me levanta do chão bem ali, no meio do aeroporto de Roma. Ele me aperta tanto que tenho medo de estourar. Graças às aulas de Latim, reconheço a palavra *felice*. Sei que ele está *feliz*. O que, naturalmente, está óbvio em seu enorme sorriso e nos beijos molhados que ele planta nos dois lados do meu rosto.

— Hayley!

De repente, estou cercada por toda a *famiglia*.

— Perdi sua chegada! — lamenta-se Patrice, beijando-me de ambos os lados do rosto também. — Gianna precisou usar a *ritirata* e o sapo de Taddeo fugiu.

Sapo?

— Conheceu meu marido, Gino?

Gino me dá outro beijo.

— Hayley, você é igualzinha à sua mãe! — exclama Patrice.

Antes que eu possa absorver o golpe, Gino me acerta outro soco na boca do estômago.

— *Che bella faccia!* — diz ele.

Patrice não precisa traduzir. Estou a oito mil quilômetros de casa, mas ainda sou a garota do rostinho bonito. Suspiro.

— Você está cansada — diz Patrice. — Vamos levá-la para casa.

Patrice De Luca não se parece em nada com minha mãe. Ela é gorducha e meiga. Tudo nela é tranquilo. O cabelo pintado de ruivo desce suavemente até os ombros. Ela usa calça capri branca larga e camisa masculina. Os olhos castanhos combinam com a pele bronzeada. Gino parece um balão no desfile de Ação de Graças da Macy's: todo inflado e orgulhoso. O cabelo preto é cortado rente e os olhos azuis intensos são cercados por profundas rugas de riso.

— Você conhece Britney Spears? — Gianna me pergunta, puxando minha blusa.

Eu rio. Com uns 10 anos, Gianna é magra feito um graveto, tem cabelos compridos negros e lisos e olhos quase tão escuros quanto os cabelos. O irmão caçula, Taddeo, é uma versão em miniatura do pai.

— Você fala inglês! — exclamo para Gianna.

— Eu também! — replica Taddeo. E então leva a mão ao bolso e retira um sapinho minúsculo e coaxante.

— *Regalo* — diz ele, me estendendo o sapo. Felizmente, Patrice conduz o sapo de volta ao bolso de Taddeo.

— Dê o presente a Hayley quando chegarmos em casa — diz ela.

— E Ashlee Simpson? — pergunta Gianna. — Você conhece *ela?*

— Britney? Ashlee? Gianna, precisamos conversar.

Enquanto seguimos para a área de entrega das bagagens — que eles inteligentemente chamam de "reclamação de bagagem" —, estou com sobrecarga sensorial. Italianos agitam as mãos enquanto gritam pelo sujo aeroporto, mulheres bonitas com joias de ouro brilhantes e saltos altíssimos e finos perambulam pela área, homens com cabeleiras escuras e paletós justos nos quadris pegam suas bagagens. Não entendo uma só palavra, mas imagino o que todos estejam dizendo.

— Corra! O preço do estacionamento é altíssimo!

— Pegou o sanduíche de peru de tofu que embrulhei para você?

— Espere! Tenho de fazer xixi!

Ou alguma coisa no gênero.

Por dentro, sinto uma mistura de intensa excitação e completa exaustão. Não posso acreditar que estou aqui de verdade. Além disso, começo a me dar conta de que não conheço *mesmo* essas pessoas. Isto é, eu sabia que eram estranhos antes de sair de Santa Monica, mas vê-los de perto e pessoalmente deixa isso mais claro. Outra descarga de terror me atravessa. Será que vou dividir o quarto com a Srta. Patricinha Pré-Adolescente?

— Gianna é o equivalente a John, só que para mulheres — explica Gianna. — Pelo menos é isso que minha melhor amiga, Romy, diz. Mas ela é alemã, embora more na Itália.

Eu aprendi inglês primeiro na escola, mas aprendi *de verdade* no verão passado, em um acampamento na Inglaterra. Estou *tão* feliz de praticar com você! Mamãe fala italiano na maior parte do tempo por causa do papai. Ele fala inglês um pouquinho, mas não tanto quanto eu. Por causa do meu verão na Inglaterra. Eu já contei a você? Meu inglês é perfeito, não é? Foi o que a minha professora disse. Você conhece Nick Lachey?

Balanço a cabeça negativamente e penso: *Ah, meu Deus.*

Gianna tagarela sem parar enquanto minha *famiglia* de verão e eu serpenteamos em meio à multidão, pegamos minha mala na esteira e abrimos caminho até um carro tão pequeno que eu quase espero que um bando de palhaços salte dele.

— Taddeo, você senta no meu colo — diz Patrice.

Gianna e eu nos espremermos no banco traseiro.

— Vamos para Assis! — Gino grita ao sair do estacionamento.

— *Sì, sì!* — gritam Taddeo e Gianna de volta.

Não, não estou mais em Santa Monica.

Os arredores do Aeroporto Fiumicino de Roma poderiam ser os arredores do aeroporto de qualquer cidade grande em qualquer país. Uma estrada movimentada, fumaça de poluição, carros com motoristas maníacos buzinando. Eu havia esperado ver o Coliseu ou o Fórum romano ou outra ruína antiga a distância. Quem sabe a silhueta da Cidade do Vaticano? Em vez disso, eu poderia estar passando de carro por LA.

— Faremos uma viagem a Roma mais para o fim do verão — diz Patrice. — Por ora, você está vendo a *verdadeira* Itália.

Depois de cerca de uma hora na estrada, vejo exatamente o que ela quer dizer.

Viajar de carro pelo interior da Itália é como viajar de volta no tempo. Velhinhos pedalam bicicletas ao longo da beira da estrada. Velhinhas de vestidos de viscose e sapatos pretos sem salto andam para o mercado. Pequenas montanhas se erguem a distância de ambos os lados do caminho. Não, eu não vou passar por nenhuma ruína romana. Tudo é *verde*. A paisagem inteira é uma série de linhas cor de musgo — filas de parreiras, oliveiras e ciprestes altos e magricelas. Hortas luxuriantes brotam na frente de todas as casas. E as flores! Papoulas vermelhas pontilham os campos verdes, flores cor-de-rosa irrompem de jardineiras nas janelas, meios-fios explodem em florações amarelas.

— É lindo — digo, morta de cansada, mas totalmente alerta.

— A Úmbria é a região mais bonita da Itália — diz Patrice. — Mas eu sou suspeita para falar.

Passamos por Narni e Terni e um punhado de vilas cujos nomes terminam em vogais. Quase todas as casas são feitas de pedra. É como se tivessem surgido diretamente da terra.

Embora sejam quase 8h da noite, está claro e quente. Estamos apertados no minúsculo carro com todas as janelas abertas e sem ar-condicionado. No entanto, por algum motivo, não estou suando. O ar tem um cheiro doce. E parece brilhar à minha volta numa suave luz alaranjada.

— *Desidera cena?* — Gino me pergunta, como se eu pudesse compreendê-lo.

— Tomara que esteja com fome — explica Patrice. — Temos um banquete úmbrio em casa, à sua espera.

— Mas é tão tarde — protesto.

Patrice ri.

— Os italianos sempre jantam tarde assim. Ou ainda mais.

Engulo em seco. Então faço alguns cálculos rápidos na minha mente. Tecnicamente, meu corpo ainda está no horário americano. Só preciso começar minha dieta amanhã, quando *acordar* na Itália.

— Estou faminta — digo.

Quando estiver nos arredores de Roma...

Dezenove

Vejo pelas placas que Assis está perto. Mas estou completamente despreparada para a visão que enche meus olhos. Gino passa por uma elevação sob duas árvores cujas copas se uniram para formar um túnel, e lá está ela.

— Uau! — arquejo.

Erguendo-se ali, uma fortaleza de pedra de um laranja brilhante, está a antiga cidade de Assis. Ela se encontra literalmente no meio da montanha verde, como um intricado castelo de areia na lateral de uma colina. Ou um bolo de casamento dourado estendendo-se para o céu. A torre no topo parece erguer-se quilômetros no ar.

— Vocês moram lá em cima? — pergunto, excitada.

— Não — responde Gino. — Moramos *qui*.

Com isso, ele vira bruscamente para a direita, entrando em uma estrada de terra, e segue até um portão preto de ferro batido. Patrice aponta um minúsculo controle remoto para a entrada, e o portão lentamente se abre. Depois de Gino passar por ele, o portão se fecha atrás de nós. Lá dentro, o carro retumba ao longo de uma estrada estreita sombreada por árvores que se projetam acima dela. Em seguida, a paisagem se abre e eu perco o fôlego mais uma vez.

— Essa é a sua casa? — pergunto. — Parece um castelo.

Patrice ri. Gianna bate palmas.

Não tem torre, mas o "castelo" é a casa mais bonita que já vi. Com três andares, é totalmente feita de pedra, da cor de areia rosa. O telhado é feito de telhas de terracota sobrepostas. Persianas cor de chocolate protegem todas as janelas. Uma imensa videira verde cresce na frente da construção e se estende por toda a casa.

Gino para o carro antes de chegar à casa.

— E você mora *qui* — ele me diz.

Do outro lado da estrada, diante da grande casa, há um chalé alto de pedra.

— O que você quer dizer? — pergunto.

— Nós a chamamos de La Torre porque é estreita, alta e dá vista para toda a cidade de Assis.

— Eu vou ficar *ali*? — pergunto, quase perdendo o fôlego.

— Aos 16 anos, todo mundo precisa de um pouco de privacidade, não é?

Definitivamente não estou mais em Santa Monica!

Mal posso acreditar nos meus olhos; ou na minha sorte. La Torre é impressionante. Uma versão menor e mais antiga da casa principal. Pedras retangulares de cor avermelhada erguem dois andares. A argamassa entre elas é uma fina linha cinzenta. Uma roseira vermelha gigante diante dela é mais alta do que a porta da frente. E, na lateral, uma escada externa em espiral leva para o segundo piso.

— Seu quarto e seu banheiro ficam lá em cima — diz Patrice, enquanto nos desdobramos, saindo do carro. — A sala e a cozinha ficam embaixo, embora torçamos para que você queira comer conosco.

— É claro — disse, incapaz de fechar minha boca escancarada.

— Primeiro, acomode-se. Vamos jantar do lado de fora.

Enquanto Patrice e Gianna preparam o jantar, Gino leva minha mala pela estreita escada em espiral. Segurando minha mão, Taddeo me mostra o primeiro andar.

— Para coisas geladas — diz ele, apontando uma geladeira pequena. Apontando em seguida um fogão minúsculo, ele acrescenta: — Para coisas quentes.

Embora ainda esteja quente do lado de fora, está fresco na torre. Os pisos, as paredes e os tetos são todos de pedra. A pia da cozinha é uma grande bacia de mármore. Tem uma mesinha e cadeiras debaixo de uma das duas janelas, e um sofazinho se encontra diante de uma velha lareira instalada na parede mais distante. Eu *amo* tudo.

Parecendo tímido de repente, Taddeo leva a mão ao bolso e pega delicadamente o sapo.

— Para você — ele diz, segurando o sapinho no ar.

Fico comovida. E totalmente horrorizada.

— Que fofo, Taddeo! — digo, enfiando ambas as mãos nos bolsos da frente da calça justa. Não é um feito fácil, mas de jeito nenhum eu vou pegar aquela coisa nojenta.

— Você pode cuidar dele para mim? — pergunto. — Na sua casa?

Ele concorda, e o pobre sapinho volta para o bolso dele.

— Venha. — Taddeo puxa meu cotovelo e eu o sigo, saindo da casa. Fazendo uma curva, subimos a escada em espiral, e cada passo ecoa nos degraus de metal. No alto, eu paro por um momento para admirar a linda propriedade. Nunca vi tantos tons de verde.

Taddeo empurra a grossa porta de madeira e me conduz para o quarto dos meus sonhos.

— Para dormir — ele diz, apontando a imensa cama king size.

Uma elaborada cabeceira de metal prende a cama à parede. Minha mala se encontra em cima de uma bela colcha amarela com grandes flores vermelhas; o mesmo tecido das cortinas. Gino se prepara para sair, abrindo as duas amplas janelas. Por uma delas, vejo a maravilhosa cidade de Assis a distância. Pela outra, um imenso carvalho com um balanço pendendo de um dos galhos. Eu me sinto como se estivéssemos no paraíso. Nenhum vizinho à vista. Nada além do canto dos pássaros.

Acima de nós, um teto alto de pedra, sustentado por grossas vigas de madeira. Debaixo dos pés, o mesmo piso de pedra do primeiro andar. Ambos têm uma tonalidade rosada. Ambos são formidáveis.

— E qui — diz Taddeo, completando o tour —, para ficar sozinha.

Ele abre uma portinha de madeira e dá um passo para trás. Eu entro no banheiro, que é perfeito. Tem uma pia pequena e um chuveiro, mais o vaso. Nenhuma balança, observo, falante ou não. As paredes são cobertas de azulejos brancos, com duas toalhas macias cor de cereja penduradas atrás da porta.

— É lindo — digo a Taddeo.

— *La cena!* — Gino grita lá de fora.

Taddeo sai correndo, e eu o sigo escada abaixo para meu primeiro banquete italiano.

Em um pedaço do gramado verde à sombra, entre o castelo e a torre, uma comprida mesa de madeira está *coberta* de comida. Antes que eu possa detê-la, Patrice põe um pouco de tudo no meu prato.

— Hoje vamos sentir o sabor da Úmbria — diz ela.

— Salame e trufas da Norcia, *prosciutto di* Parma, azeite de oliva da *Foligno*, massa *strangozzi* com pesto de Assis. — A cada porção, Gino orgulhosamente anuncia sua origem próxima. Minha boca se enche de água. Nenhum tofu à vista. E carne, a gloriosa carne!

— *Vino rosso d'Orvietto, Parmiggiano-Regg...*

— Vinho tinto? — pergunto, segurando a taça que ele serviu para mim. — Tenho 16 anos.

Ele parece confuso.

— Os italianos bebem vinho tinto em qualquer idade — diz Patrice. — E em quase toda refeição — acrescenta, rindo.

— Ah — diz Gino, compreendendo. — *Vino rosso è sangue.*

— Sangue? — pergunto.

— *Sì, sì* — confirma Gino. — Vinho tinto é o sangue italiano. Os americanos bebem álcool para ficar bêbados. Os italianos bebem vinho para ficar vivos.

111

Ele ergue a taça e diz:

— *Alla salute!*

— *Salute* — repito. À sua saúde. Tomo um gole. A única outra bebida alcoólica que já experimentei é a cerveja, e odiei. Cerveja, para mim, tem gosto de refrigerante estragado. Pensei que vinho teria o mesmo sabor. Mas é totalmente diferente. Um pouco amargo, o vinho tinto tem gosto de terra. Tem um quê de fruta e fumaça, e é doce e azedo ao mesmo tempo. Não achei maravilhoso, mas interessante.

— O vinho nos Estados Unidos tem mais álcool do que aqui — explica Patrice. — Você pode beber vinho aqui na Itália sem ficar bêbada.

Tomo mais um gole.

À medida que o sol se põe lentamente, a paisagem da antiga Assis começa a brilhar com as luzes noturnas da cidade. Enquanto a observo no alto da colina, vejo as cores mudarem do laranja-claro para o cor-de-rosa e em seguida para o ouro. É verdadeiramente uma visão impressionante.

— *Rendiamo grazie a Dio* — começa Gino, baixando a cabeça e dando as mãos a mim e a Gianna. O restante da família também se dá as mãos sobre a mesa. — *Per nostra amica americana e per questo pasto. Amen.*

Ele agradeceu a Deus apenas por mim e pela pasta?

— Amém — todos murmuram.

— *Mangia!*

Tem início o banquete. Meu coração bate forte no peito. Tudo parece e cheira tão maravilhoso que eu não sei por onde começar. Minha primeira garfada é de massa ao pesto. A massa é *al dente* e ligeiramente adocicada, o pesto é verde e tem gosto de alho. Minhas papilas gustativas explodem de prazer. Silenciosamente, também agradeço a Deus... pela massa... e por tudo o mais. A cada garfada, passo por uma nova experiência. O salame é defumado e seco, o queijo tem um gosto que lembra nozes. E as trufas — uma espécie de cogumelo terroso — são raladas sobre o pão pincelado com um azeite de oliva doce. Seu sabor é amadeirado e intenso e indescritivelmente delicioso.

Meu estômago se contrai.

Eu nunca vou conseguir.

Dez semanas de comida boa assim?

Em pânico, engulo tudo rapidamente, a cabeça curvada sobre o prato. Quando levanto a cabeça para respirar, a família inteira está me olhando.

— Hum — digo, culpada.

Gino estende a mão até a minha e gentilmente me força a pousar o garfo na mesa.

— Comer é como se apaixonar — diz ele. — Não se pode ter pressa com nenhum dos dois.

Certo, eu sou uma esfomeada. Mas alguém pode me culpar? Nunca provei uma comida que fosse de fato produzida na vizinhança. A única coisa fabricada em Santa Monica é o *nariz* de quase todo mundo.

— Como é a sua casa na América? — pergunta Gianna.

— É um apartamento — respondo.

— Os americanos gostam dos italianos?

— Sim.

— Você tem um carrão?

— Não.

— As garotas americanas são tão más quanto parecem nos livros?

Eu rio.

— Você está lendo os livros errados.

— Quem é o seu...

— Gianna, deixe Hayley comer em paz — diz Patrice.

Gianna fica amuada, mas não discute. Pelo restante do jantar, numa mistura de italiano, inglês e latim, vou conhecendo aquela que será a minha família durante o verão. Gino trabalha para algum conselho do governo em Perugia, que fica a cerca de vinte quilômetros dali. Embora eu não saiba calcular essa distância. O castelo e a torre de pedra pertencem à família dele há gerações. Patrice e minha mãe foram colegas de quarto na UCLA, até Patrice ir para a Itália estudar arte. Ela conheceu Gino numa pequena *trattoria* em Perugia.

— Ele estava comendo massa com trufas, e eu, uma salada de alcachofras — conta Patrice. — Estávamos os dois sozinhos, então partilhamos a refeição, o vinho e, no fim, nossas vidas.

Gino debruça-se sobre a mesa e beija os lábios da mulher.

— *Amore mio* — diz ele.

Suspiro. Se Drew Wyler dissesse "Meu amor" dessa maneira para mim, eu me transformaria em uma poça de pesto na mesma hora.

Parece que horas se passaram até todos terminarem de comer. E eu me espanto com o fato de parecer estranho não estar assistindo à *Roda da fortuna*. Não consigo me lembrar de um jantar em casa sem meu pai gritando: "Compre uma vogal!" e mamãe comentando o cabelo de Vanna White ("Hoje ela está com cachos!").

— *Baci?* — Patrice oferece no fim do jantar, me estendendo a versão italiana dos Kisses da Hershey's.

— Tem certeza de que você é amiga da minha mãe? — pergunto sorrindo e pegando um. Tudo que posso dizer é que os beijos de chocolate italianos são tão deliciosos que eu poderia ter uma noite de amor com eles. Se comer é se apaixonar, acabo de conhecer a refeição com quem pretendo me casar.

Mal posso esperar para contar a Jackie tudo sobre minha primeira noite. Embora a diferença de fusos horários seja insana — quando são 10h da noite na Itália é 1h da tarde na Califórnia —, sei que ela está esperando notícias minhas.

— Posso usar seu computador hoje, por favor? — peço a Patrice, me levantando para ajudá-la a tirar os pratos.

— Eu não tenho computador, querida — diz ela.

O ar quente de repente fica imóvel.

— E Gino?

— Também não.

— Gianna?

— As crianças têm permissão para usar computadores na escola. Mas em casa quero que eles leiam livros e nos contem as histórias em vez de ficarem na frente de um monitor de computador.

Não posso deixar de notar que Gianna está adquirindo sua cultura popular americana de outro lugar. Não que eu ache que Britney, Ashlee ou Nick sejam cultura.

Mamãe me avisou para não usar o telefone dos De Luca, a menos que fosse para ligar para o número *dela* a cobrar.

Ligar para a Califórnia da Itália é absurdamente caro. Nunca nos ocorreu que eu não teria acesso à Internet. Pelo menos não a *mim*. Será este um plano maligno da minha mãe para me fazer ler mais?

— Seu telefone manda mensagens de texto? — pergunto a Patrice.

— Não. Nem tampouco lava roupa.

Dou uma risadinha amarela.

— Então, como é que vocês... se comunicam?

Patrice ri.

— O carteiro passa aqui regularmente.

Carteiro?

— A Itália funciona em um ritmo lento, Hayley. Você ficará muito mais feliz se aceitar isso.

Ritmo lento? Sei que suas casas são feitas de pedra, mas quem iria pensar que eles ainda estivessem na *Idade* da Pedra? Esperam que eu me comunique com Jackie pelo correio? O que virá a seguir? Um cavalo e uma charrete? Onde é que eu fui me meter?

Depois de ajudar com a louça e de ligar para os meus pais (a cobrar!) para dizer que havia chegado bem, digo boa-noite aos De Luca e subo a escada externa para o meu quarto. Deitada na cama, olho para o teto com vigas e tento imaginar usar um selo em vez de um botão de *send*.

— Arghhh — dou um gemido alto. Eu não vou conseguir.

Minha barriga distendida se ergue como um pão italiano. Ainda sinto na língua o sabor picante e salgado do *prosciutto*. Meu hálito cheira a alho. Rolando para fora da cama, bato os pés descalços no chão de pedra e entro no banheiro.

— Hayley — digo severamente para meu reflexo no espelho —, amanhã é um novo começo. Abrace a experiência. Olhe para a frente, não para trás.

Levando a mão às costas para sentir o tamanho do meu bumbum, acrescento:

— Santo Deus, e nunca olhe para o seu traseiro.

Meu plano é simples. Amanhã de manhã, depois de deixar minha mãe orgulhosa insistindo em lavar a louça do café da manhã — embora eu só vá beber uma xícara de café e comer um pedaço pequeno de fruta —, vou subir o morro correndo até Assis e procurar um cibercafé. Não é possível que todo o país esteja desconectado, é? Depois de mandar um e-mail para Jackie, vou explorar minha nova cidade. Vou tentar encontrar meninos bonitos, meninas legais, qualquer um que fale inglês. Vou comer somente legumes e verduras, beber litros de água e caminhar num ritmo acelerado, pisando no sentido do calcanhar para os dedos. Minha jornada para meu eu novinho em folha vai começar com o nascer do sol.

Antes de apagar a luz, vejo meu reflexo mais uma vez.

— *Ciao*, velha Hayley — digo. — Amanhã vejo você nova.

Vinte

Meu novo eu dorme até as 11h.

— Desculpe-me — digo, entrando correndo na cozinha de Patrice. Ela está na pia, lavando os maiores, mais redondos e mais vermelhos tomates que já vi na vida.

— Pelo quê? — pergunta ela.

— Acho que vou precisar de um despertador — digo, envergonhada.

— Despertador? No verão? O que aconteceu com o que Deus lhe deu?

— Hã? — pergunto.

Patrice seca as mãos e vem até mim.

— Você sabe por que está aqui, Hayley? — pergunta ela.

Eu quase respondo "Para emagrecer", mas desconfio que ela esteja esperando uma razão mais profunda.

— Para experimentar um modo de viver diferente? — sugiro.

— Exatamente. Então pare de tentar controlar tudo e comece a *sentir* tudo.

Ela fala como minha professora de Inglês, a Sra. Antonucci. Não sei bem como fazer para *sentir* a Itália, a menos, é claro, que eu conte a sensação de células de gordura erguendo uma fortaleza de pedra em cada coxa. Ainda sinto o sabor do alho do jantar. E na noite passada sonhei que meu nome havia mudado para Hayley Salame. Soa um pouco Oriente Médio, mas o sabor é incrível.

— Sente-se. Coma. — Um prato cheio de *biscotti* de amêndoa e um copo de suco de laranja estão à minha espera na mesa.

— Só café e uma fru... — começo a dizer.

Patrice ri, zombeteira.

— Não seja boba. O café da manhã é a refeição mais importante do dia... mesmo que você o coma à tarde!

— Você tem certeza de que conhece minha mãe? — pergunto, rindo.

— A Itália muda toda a sua perspectiva — responde ela. — Você vai ver.

Com isso, ela me serve um copo grande de leite. Inacreditavelmente, estou faminta. O leite frio desliza por minha garganta abaixo. Os biscoitos são crocantes e deliciosos. O suco de laranja é fresco e perfeitamente ácido.

Reprimo um gemido.

É o primeiro dia do meu eu inteiramente novo e eu já fracassei.

— Frutas e queijo? — Patrice pergunta em frente à geladeira aberta.

A cozinha dos De Luca é exatamente como eu imaginava uma cozinha rural italiana. Uma mesa retangular antiga é a peça central. Uma tigela de cerâmica pintada cheia de limas e limões repousa sobre ela, enchendo o ar de um aroma cítrico. A luz do sol inunda o ambiente. Ervas frescas crescem em uma jardineira atrás da imensa pia de fazenda. Tampos de bancada de mármore branco encontram azulejos cor de salmão que se erguem uns 30 centímetros nas paredes de pedra. O piso e as paredes têm o mesmo tom rosado da minha torre. Ao lado do imenso fogão de aço inoxidável — a única coisa moderna na cozinha além da geladeira e da lava-louças —, encontra-se um grande fogão a lenha. Chegando à altura aproximada da cintura, os troncos carbonizados amontoam-se debaixo de uma grelha de fogão. O leve cheiro de carne assada ainda está no ar.

— Sua cozinha é impressionante — digo.

— Ela é o coração e a alma de nossa casa — replica ela.

Visualizo nossa cozinha em Santa Monica, que parece mais uma masmorra. Minúscula e escura, é o cômodo que minha família toda evita. Mamãe e eu, porque a tentação mora ali. Papai e Quinn, porque o tofu mora ali. Encolho-me ao pensar em quantas vezes preferi sentar em meu carro, no estacionamento de um drive-thru, a ir para casa jantar.

O restante da casa dos De Luca é um reflexo emocional da cozinha: confortável, aconchegante, quente e antigo. Dá para sentir os espíritos dos De Luca que moraram ali antes.

— Onde estão todos? — pergunto a Patrice quando termino o café da manhã, inclusive um pedaço *pequeno* de queijo com o melhor pêssego que já comi.

— Gino está no trabalho, e as crianças estão lá fora aproveitando a vida. O que, *cara mia* — diz ela, passando os braços carnudos em torno do meu corpo —, é precisamente o que quero que você faça. Mas, primeiro, as *regole* da casa.

— Regras?

— *Sì.* Número um: a menos que saibamos onde está, você tem de chegar em casa enquanto ainda é possível ler do lado de fora. É assim que definimos a escuridão aqui. Número dois: se vai perder o almoço ou o jantar, me avise, porque vou sempre colocar um prato para você. Número três: tem uma bicicleta nos fundos da casa que você pode usar durante todo o verão, mas não quero que dirija o carro. Os motoristas italianos são insanos. E número quatro: este é o *seu* verão, não sou eu que vou fazê-lo para você. Fique totalmente à vontade para explorar por conta própria, mas me peça se quiser fazer um passeio de um dia a algum lugar. Deixei alguns livros sobre a Úmbria para você na torre. Ficarei feliz em levá-la a qualquer lugar a que queira ir, mas tem de ser um pedido *seu*, está bem?

Faço que sim com a cabeça. Sem aviso, meus olhos se enchem de lágrimas.

— Eu ainda não disse "obrigada", não é?

Patrice me entrega um controle remoto para abrir o portão principal e um pedaço de papel com o número de seu telefone.

— Estamos imensamente felizes em tê-la aqui — diz ela, me abraçando. — Agora vá.

O sol está alto e amarelo-limão. Está quente demais para correr, mas eu sou maleável. Usando chinelo de dedo, bermuda cáqui e uma camiseta branca, saio em busca de sentir minha nova vida, subindo em ritmo acelerado a colina para Assis, e de mandar um e-mail para Jackie. Instantaneamente, me arrependo de não ter prendido o cabelo.

— Está tudo bem — digo em voz alta para mim mesma. — *Sinta* o suor.

A estrada que leva para Assis é de mão dupla sem calçadas. Patrice não estava brincando quando disse que os motoristas italianos eram insanos. Vários passam por mim tão rápido que parece que estão na volta final da Fórmula Indy. E, obviamente, eles consideram a sinalização das pistas como meras sugestões. Assim, cada vez que ouço um carro se aproximando, salto para a grama alta ao lado da estrada. Para que experimentar me esborrachar no para-brisa de alguém?

A velha Assis surge vultosa à minha frente. Quanto mais perto eu chego, mais linda ela fica. A cidade toda tem a mesma cor: um laranja-rosado à luz do sol brilhante. No caminho, passo por um campo verde cheio de cavalos, uma casa com um jardim de rosas e um hotel que parece a casa de pedra dos De Luca. Enquanto caminho, o aclive vai se tornando mais íngreme. Meus pés suados deslizam para a frente nos chinelos de dedo. Minhas coxas roçam o tecido da bermuda. Meu cabelo pesado se gruda à nuca.

Quando alcanço a base da cidade, bufando, meu rosto está vermelho e eu pingo suor. Itália? No *verão*? O que eu estava pensando? Que iria começar a gostar de calor só porque as pessoas falam italiano aqui?

Há um grande estacionamento na base da colina ainda maior onde se encontra Assis. Vários quiosques de suvenires alinham-se ao longo de uma de suas bordas. Graças a Deus, um deles vende garrafas de água gelada.

— *Gelato?* — a mulher atrás do balcão me pergunta. Ela aponta para um freezer cheio de um sorvete luxuriante. Seja *forte*, digo a mim mesma.

— Não, *grazie* — digo. — Só água.

Com a garrafa de água fria na mão, encontro uma sombra e me sento. Espero uma brisa, mas ela não vem. Então, fico simplesmente sentada ali, bebendo minha água, dizendo a mim mesma que não me afobe; tenho o dia todo para explorar, o verão todo para perder 15 quilos, a vida toda para aprender a amar o sol.

Por fim, minha blusa seca e estou pronta para retomar minha caminhada morro acima. Com o primeiro passo, porém, me vejo em apuros. As tiras do meu chinelo criaram duas imensas bolhas entre o dedão e o segundo dedo. Não tem como andar sem mancar.

"*Grave na memória cada momento*", ouço a voz da Sra. Antonucci em minha mente e dou uma gargalhada. Momento um: aiii!

— Só há uma coisa a fazer — digo a mim mesma. — Mancar até a cidade e comprar sapatos novos.

Lá vou eu, arrastando os pés à frente numa tentativa de manter os chinelos ofensivos longe das bolhas. Será difícil encontrar uma loja que venda sapatos baratos?

Passo por outro hotel, cambaleio sob um arco antigo e arquejo. Assis é *maravilhosa*. Tudo é de pedra. Até mesmo a rua. Flores amarelas e roxas crescem nos jardins por toda a subida. Parece uma escada adornada com joias. Várias vitrines de lojinhas exibem artefatos religiosos de São Francisco, o santo nascido na cidadezinha. Outras mostram lindos pratos pintados em dourado e azul. Outras ainda têm montes de pãezinhos e biscoitos arrumados tentadoramente em prateleiras de vidro. À frente, graças a Deus, vejo uma sapataria. Encolhendo-me de dor, ando apressada até lá, estendo a mão para a porta e paro. Está trancada.

Fechado? Olho o meu relógio. Como uma sapataria pode estar fechada em um dia de semana por volta de uma da tarde? Então dou outra olhada à minha volta. *Todas* as lojas estão fechadas. Na verdade, de repente percebo que não há praticamente ninguém nas ruas.

— Com licença. — Paro a primeira mulher que passa por mim. Ela parece cosmopolitana. As unhas dos seus pés estão pintadas de um vermelho vivo. — Me desculpe, eu não falo italiano — digo. — Você fala inglês?

— Sim — ela responde. — Posso ajudá-la?

— Hoje é algum feriado na Itália ou algo assim?

— Não. Por que está perguntando?

— As lojas estão todas fechadas.

Ela começa a rir.

— É a sua primeira vez na Itália, não?

— *Sì* — respondo.

— Tudo se fecha à tarde para o *riposo*.

— A cidade inteira se fecha para tirar um cochilo? — pergunto, estarrecida.

— Nós comemos, bebemos vinho, dormimos. Às vezes fazemos amor — diz ela, sorrindo. — Se não estiver quente demais.

Enxugando minha testa suada, digo:

— Algum dia não é quente demais?

Ela dá uma piscadela.

— Eu tenho três filhos.

Ambas rimos. Ela me conta que a hora do almoço na Itália é de 1h às 3h. A maior parte das lojas reabre às 4h ou 5h.

— Almoço? — Eu me detenho de repente.

— Na Itália, a *famiglia* inteira se reúne para o almoço. Faz parte da nossa cultura.

— *Grazie* — grito, mancando rapidamente morro abaixo.

— *Prego* — ela grita às minhas costas.

É o meu primeiro dia, e eu já violei a *regola* número dois! Embora tenha acabado o café da manhã ainda há pouco, estou prestes a perder o almoço sem avisar Patrice. Rapidamente, olho à minha volta procurando uma cabine telefônica. Não tem nenhuma à vista. Creio que uma cabine telefônica moderna nesta linda cidade medieval seria como uma espinha no rosto de Scarlett Johansson.

Tiro os chinelos e, com os pés queimando na estrada quente, desço correndo o morro até não conseguir mais correr.

Vinte e um

— Hayley! — Gino me chama da mesa do lado de fora, embora seu sotaque omita o "H" e meu nome soe como "Ayley".

— Sinto *muito* — digo, o peito arfando. — Eu me perdi totalmente no tempo.

Patrice ri.

— Eu não a esperava para o almoço *hoje*, Hayley. Você acabou de tomar o café.

— Sente-se. Coma. — Gino faz sinal para mim. Gianna desliza para o lado, abrindo lugar para mim.

— Não, *grazie* — digo. — Eu não consegui... isso é pizza?

— A pizza americana é queijo e... — Ele se volta para Patrice e pergunta: — *Come si dice cartone?*

— Papelão! — Gianna grita.

— *Sì, sì.* A pizza americana é queijo e papelão. Prove a de verdade.

Eu me sento, refresco meus pés descalços e machucados na grama macia debaixo da mesa e mordo um pedaço de pão grelhado com suculentos tomates secos ao sol, raminhos frescos de manjericão e queijo mozzarella ligeiramente derretido. Os diferentes sabores se espalham pela minha boca, estimulando minha língua. Comida de verdade é incrível. Gino me passa uma taça de vinho tinto. Taddeo me entrega uma pedra que ele encontrou naquela manhã. Gianna pergunta:

— Você tem um namorado americano?

Sorrio. Estou em casa.

Meu quarto na torre, depois do almoço, está surpreendentemente fresco. Mesmo sem ar-condicionado, as paredes de pedra mantêm o calor afastado. A janela aberta sob a sombra do velho carvalho deixa uma leve brisa infiltrar-se. O grito insistente de um falcão perfura o silêncio. A louça está lavada, a comida, guardada, e a *famiglia* inteira está dormindo ou fazendo amor.

Eu poderia me acostumar a essa vida.

Folheando o livro sobre a Úmbria que Patrice comprou para mim, descubro fatos interessantes sobre meu lar nesse verão. A Úmbria é a região mais montanhosa da Itália. São Francisco — o tal que nasceu em Assis — foi um garoto rico que rejeitou o dinheiro da família e viveu na pobreza, em oração. Outros caras ficaram tão impressionados que o seguiram e abriram mão de todos os seus bens para se tornar monges "franciscanos", que usavam apenas hábitos marrons e sandálias. São Francisco também tinha um pouco de Dr. Dolittle. Por onde ele ia, animais se reuniam à sua volta.

É difícil decidir exatamente o que quero ver neste verão. A Úmbria é cheia de cidades medievais em colinas e campos encantadores. Para não falar de igrejas impressionantes e antigas *piazzas*. E, naturalmente, tem Roma. Que, eu descubro, fica tecnicamente na região vizinha. Ainda assim, eu adoraria ver a Capela Sistina e as estátuas de todos aqueles lindos corpos romanos. Além disso, como leio no livro, os romanos adoram um tipo de bacon italiano chamado *pancetta*.

— Hayley? — Ouço uma leve batida na porta.

— Entre — digo, ficando de pé.

Patrice entra.

— Pensei que talvez estivesse dormindo.

Eu rio.

— Acordei faz apenas três horas.

Sorrindo, Patrice diz:

— Este país tem um jeito especial de fazer você dormir. Mas estou feliz que esteja acordada. Quero lhe mostrar uma coisa.

Sentamo-nos lado a lado na cama, que está perfeitamente arrumada graças à promessa que fiz à minha mãe. Patrice abre um álbum de fotografias.

— Você a reconhece? — ela me pergunta.

Um rosto parecido com o meu sorri radiante para a câmera. Uma mulher está saltando pequenas ondas na praia. Ela usa um daqueles biquínis floridos amarrados nos quadris. Sua barriga é plana; as coxas, longas e finas.

— Mamãe? — pergunto, impressionada.

— É difícil acreditar que um dia fomos jovens assim — diz Patrice.

Eu olho a foto fixamente. Embora tenha visto fotos de minha mãe mais jovem, eram sempre de almoços no Dia de Ação de Graças e formaturas embecadas, e outras em que ela aparecia comigo ou com Quinn no colo. Cada uma delas mais gorducha do que na anterior. Essa é a primeira vez que vejo a barriga plana da minha mãe.

— Éramos bastante loucas naquela época — diz Patrice, e vira a página.

Ainda de biquíni, mamãe está sentada nos ombros de um cara bem bonitinho, as pernas nuas envolvendo o torso dele. (Definitivamente, *não é* o meu pai.) Em outra página, tem uma foto da minha mãe dançando, seus longos cabelos em uma massa de cachos de permanente. Em outra, ela mordisca, brincalhona, o lóbulo da orelha de um rapaz. Eu mal posso acreditar nos meus olhos. Ela parece tão... diferente. Tão *à vontade*. O número de pontos dos Waist Watcher em um marshmallow parece a coisa mais distante de sua mente.

— Não posso acreditar que eu nunca tenha visto essas fotos antes — digo.

Patrice corre a mão pelo meu cabelo.

— Sua mãe as deu todas para mim.

— Por quê?

Ela inspira profundamente.

— Às vezes é difícil encarar quem você já foi.

Passo a página e vejo uma foto, em uma tarde brilhante, de mamãe e Patrice passeando pelo campus da UCLA. Ambas tinham o rosto voltado para o sol.

— Para você é difícil? — pergunto.

— Digamos apenas que é uma vida inteira de luta para manter vivo o espírito daquela garota.

De repente, eu compreendo. Percebo o que minha mãe — a Rainha do Tofu — quer para mim. Antes que seja tarde demais, ela quer que a filha se sinta como ela um dia se sentiu: invencível. O espírito de uma garota. Não a guardiã de um eu secreto. Não uma garota que odeia a praia e camisetas e a Abercrombie and Fitch. Mamãe quer que eu me sinta *livre*. Da maneira como ela se sentiu muito tempo atrás. Naturalmente, comprar para mim uma balança que fala bobagens não é *exatamente* a maneira de fazer com que isso aconteça. No entanto, de repente percebo qual foi sua intenção. Mesmo em inocentes fotos pelo *campus*, com mamãe vestindo uma blusa de ombros de fora e jeans desbotado, está claro que ela se sente *completa*. Seu corpo está em conexão com a alma. Ela é uma pessoa. Não uma bunda grande ou coxas de presunto ou braços sem definição. Ela é simplesmente... *ela*. E é assim que quer que a filha se sinta.

Simplesmente eu.

— Obrigada — digo suavemente.

Patrice sorri e se levanta para sair, deixando o álbum de fotografias para trás.

— Você vai estar aqui para o jantar? — pergunta ela.

— Eu não faltaria por nada — respondo.

Enquanto ouço seus passos descendo a escada em espiral, volto a me deitar na cama, o álbum de fotos descansando em meu peito. Deixo meus olhos se fecharem. Em questão de segundos, estou profundamente adormecida. Sonhando, dessa vez, que estou voando.

Vinte e dois

O Dia Um foi um fracasso. Ou uma alegria completa. Dependendo de como se vê a coisa, como americana ou italiana. Eu decido ser italiana. Por que me estressar por ter passado um dia comendo, dormindo e olhando um álbum de fotografias?

Hoje meu espírito está reanimado. Não livre o bastante para sair por aí de biquíni, mas definitivamente pronto para subir o morro até Assis. Mas fiquei mais esperta. Agora estou de tênis, com duas meias em cada pé. O cabelo está preso no alto da cabeça. Peguei a bicicleta emprestada, então às 10h da manhã já estou na estrada.

Assis ainda surge, enorme, à minha frente. Resolvi fazer tudo devagar. Ver as coisas à moda italiana. Se não for transformada em pó por um Fiat em alta velocidade, vou chegar lá com tempo suficiente para procurar um cibercafé, mandar um e-mail para Jackie e para os meus pais e estar de volta em casa para o almoço.

— *Buon giorno!* — grito para todos por que passo.

— *Ciao!* — gritam de volta, o que deve significar tanto *oi* quanto *tchau*, do mesmo modo que *aloha*.

É uma manhã gloriosa. O sol tem a cor do âmbar e o cenário é de um verde brilhante. Minhas coxas doem enquanto pedalo morro acima, mas estou gostando da sensação. Faz tempo desde a última vez que tive alguma sensação nelas. É gostoso sentir os músculos acordarem depois de um *riposo* tão longo. Quando chego ao pé da velha Assis, estou pronta para estacionar e prender a bicicleta com um cadeado, comprar uma garrafa de água e ir direto para o topo.

É difícil imaginar uma cidade mais bonita do que Assis. Dentro da velha cidade propriamente, as ruas calçadas de pedras são muito limpas e as flores desabrocham por toda parte. Enquanto subo o morro íngreme, passo por fontes, santuários dedicados a São Francisco, pequenas *trattorias* em grandes terraços com mesas cobertas por sombrinhas e garrafas verdes cintilantes de azeite de oliva. As lojas são minúsculas. Tem um açougue, uma padaria, uma loja de sabonetes. Os deliciosos aromas da vida estão todos à minha volta. Pão assando, lavanda e, é claro, alho. É tudo tão pitoresco que quase me esqueço do que estou procurando.

— Com licença — digo a um homem que varre os degraus de pedra que levam à sua loja de suvenires. — *Parla inglese?*

— Não — diz ele. Então começa a me explicar algo em italiano. Algo sobre seu filho na universidade em Perugia, acho. Eu simplesmente faço que sim com a cabeça e espero que ele termine.

— Cibercafé? — pergunto quando seus lábios param de se mover.

Ele me olha sem entender.

Imitando alguém diante de um teclado, digito no ar e digo: — *Interneto.*

Seus olhos se iluminam e ele assente vigorosamente. Apontando para o alto do morro, ele me faz saber que vou encontrar um se prosseguir. Subindo, naturalmente.

— *Grazie* — agradeço. E lá vou eu ladeira acima.

Hoje, como ainda está cedo, não sou a única pessoa subindo a colina. Na verdade, há muita gente na rua. Turistas, moradores, e uma diferença óbvia entre os dois. Os turistas usam tênis, short e pochetes e carregam garrafas de água. Os locais usam sapatos e sandálias, vestidos e bolsas de mão com tachinhas, e nunca comem ou bebem nada a menos que estejam sentados com a família ou com amigos. Na verdade, uma das coisas mais surpreendentes sobre a Itália até agora é a total ausência de fast-food. A visão de um Wendy's ou de um KFC em Assis seria chocante.

Eu me misturo a turistas de cabelos oxigenados e italianos de cabelos escuros caminhando na mesma direção. Devem estar se dirigindo à *piazza* principal. O livro sobre a Úmbria diz que toda cidade italiana tem uma. O que é bem bacana. Nós temos um shopping center, eles têm uma praça. Se eu vir uma Gap, vou morrer.

Está quente, naturalmente, mas resolvo ignorar esse fato. Que melhor maneira de perder peso em água? Como todos os outros, continuo subindo, olhando as vitrines ao longo do caminho. Até que meu olhar se prende a algo muito mais sedutor. À frente, três garotos italianos da minha idade se encontram à sombra de um arco sobre uma das estreitas ruas secundárias. São muito parecidos. Os três têm pele bronzeada e cabelos pretos despenteados. Usam bermuda justa até o joelho, tênis de cano alto e coletes de lã finos (no calor!) sobre camisas brancas para fora da bermuda. Quando passo por eles, um dos garotos grita:

— *Americana?*

Imediatamente encolho a barriga.

— *Sì* — respondo sobre o ombro.

— Estátua da Liberdade, Monica Lewinksy, Big Mac — ele grita de volta.

Faço um gesto afirmativo e então sacudo a cabeça. Ele provavelmente nunca foi aos Estados Unidos, no entanto é capaz de avaliar o melhor e o pior do meu país em uma única frase. Continuo subindo a colina, incrivelmente feliz por não estar usando uma pochete na cintura, para o caso de ele estar avaliando também o meu traseiro.

Olho para trás. Ele está. Ele sorri e percebo um espaço entre seus dois dentes frontais. Também percebo olhos tão azuis que são quase turquesa. *Olhos perigosos*, digo para mim mesma. Aqueles olhos seriam capazes de despi-la, deitá-la e revirá-la antes que você tivesse tempo de piscar.

Ele me dá uma piscadela. Seria forçado demais se um garoto americano piscasse para mim, mas esse garoto, com suas acetinadas bochechas morenas, faz meu pulso acelerar.

— *Ciao* — grito, sedutora. Então caminho vigorosamente morro acima, xingando meus tolos tênis de turista.

Logo, a maior parte de meus companheiros de caminhada dobra para a esquerda. Eu os sigo e continuo por uma estreita calçada de pedra até deparar com uma visão que me tira o fôlego. A estrada se abre em uma ampla praça de pedra, emoldurada por duas longas fileiras de arcos e colunas cor de areia. No ápice, onde os arcos se encontram, uma enorme fortaleza cinza se ergue para o céu azul.

— *Piazza?* — pergunto a alguém que passa.

— Basilica di Santo Francesco — é a resposta.

Não preciso de um guia para traduzir. À minha frente, avultando-se como um pacífico gigante, encontra-se a igreja de São Francisco. A Internet pode esperar. Isso eu preciso ver.

Passando sob o maior dos arcos de pedra, entro na igreja por grossas portas de madeira escura. Instantaneamente sou hipnotizada pelo magnífico teto de um azul vivo, muito alto, pintado entre vigas curvas que se entrecruzam. Vitrais enormes permitem que o sol matinal ilumine as pinturas que cobrem as paredes de toda a igreja.

— Tanta coisa que sobreviveu ao terremoto — ouço uma turista dizer a outra.

— Terremoto? — pergunto, interrompendo.

Virando-se para mim, ela pergunta:

— Americana?

Prendo a respiração e faço que sim com a cabeça, esperando que ela não me culpe por cada erro que meu país já cometeu.

— Eu sou Peggy e esta é Bridget — diz ela, estendendo a mão. — Somos escocesas. De Edimburgo.

Trocamos um aperto de mão e eu solto o ar. Seus sorrisos me mostram que estou em segurança.

— Prazer em conhecê-las — digo. — Eu sou Hayley. Da Califórnia.

— Então você sabe tudo sobre terremotos — observa Bridget.

— O suficiente para saber que não é nada bom estar no meio de um.

— Assis teve um 5.5 em 1977 — explica Peggy. — Pedaços desses afrescos valiosíssimos soltaram-se das paredes.

— Ah, não — deixo escapar um gemido.

— Conseguiram salvar grande parte deles. A restauração continua desde então.

Cada painel de cores vivas nas paredes representa uma cena diferente da vida de São Francisco, inclusive o importante momento em que ele abre mão de seus bens materiais. Alguns pontos estão vazios, mas a maior parte das pinturas está intacta. Que tragédia seria se esses incríveis trabalhos de arte tivessem se perdido.

— Você já viu o túmulo? — Peggy me pergunta.

— Túmulo?

— São Francisco está enterrado na basílica inferior. Definitivamente vale a pena ver. Você não vai encontrar afrescos mais bonitos em nenhum outro lugar.

Um monge passa por nós com um comprido hábito marrom e sandálias. As duas mulheres escocesas, vestindo camisetas enormes por dentro de seus shorts enormes, dizem "até logo" enquanto eu adentro a Idade Média. Por meio da vibrante arte nas paredes, aprendo sobre São Francisco: um homem que devotou sua vida a ajudar os necessitados. Nós temos Angelina e Brad; os italianos o tiveram.

Quase duas horas depois de ter entrado, emerjo de ambas as basílicas, superior e inferior, imersa em arte e admiração. Inacreditavelmente, a túnica marrom usada por São Francisco encontra-se em exposição no porão. Com mais de oitocentos anos, não posso deixar de me perguntar se o DNA dele ainda estará nela. Imagino como o clone do santo veria a Califórnia. Será que ele ergueria as mãos para todos os utilitários de Los Angeles e condenaria os perdulários ao inferno? Ou ele convenceria os megarricos de Malibu a abrir suas mansões aos sem-teto? Posso até ver: milhares de californianos do sul trocando Prada por roupas de saco.

Do lado de fora, no sol quente, sorrio ao imaginar Paris Hilton em um hábito marrom e sandálias baixas. Com um cinto de corrente Chanel dourado, é claro.

— A Colina do Inferno. — De repente Bridget e Peggy estão ao meu lado.

— Com certeza — digo, esfregando a frente dolorida das minhas coxas.

Elas riem. Peggy aponta para uma colina coberta de grama à frente e diz:

— É chamada de Colina do Inferno porque execuções públicas eram realizadas aqui na Idade Média.

— Ai — digo.

— E foi por esse motivo que São Francisco escolheu ser enterrado aqui. Para que pudesse descansar ao lado de todos os rejeitados pela sociedade.

— Para não mencionar a vista — acrescenta Bridget, olhando para os campos verdes da Úmbria. Dessa altura — que não era nem a metade da de Assis — dá para ver tudo. Casas de pedra pontilham a paisagem como pinceladas de tinta marrom e ferrugem. A grande cúpula de outra igreja se eleva na distância.

— É fácil ver por que alguns dos maiores pintores do mundo são italianos — diz ela. — Olhem o que eles têm como inspiração.

Sou obrigada a concordar. A Califórnia tem suas praias e mansões de Beverly Hills, mas nem se comparam a uma paisagem que tem milhares de anos. Em Los Angeles, todas as coisas velhas são feias. Na Itália, tudo velho é arte.

— Aproveite o dia — Peggy diz. Então as duas continuam a subir. Eu fico ali parada por um momento, naquela colina que um dia abrigou tanto sofrimento. Incrivelmente, pela primeira vez em muito tempo, eu me sinto completa e totalmente *feliz*.

— Deve ter sido alguma coisa que comi — digo para mim mesma. Sorrindo, me viro para casa, para o almoço.

Vinte e três

Não leva muito tempo para eu me adaptar a uma rotina italiana. Todos os dias começam e terminam da mesma forma. Eu acordo, inspiro o aroma natural de oliveiras e grama nova, tomo banho, me visto, desço a escada externa em espiral, atravesso o gramado até a casa grande, encontro Patrice e as crianças, como *biscotti*, bebo *espresso* e ou ando ou vou de bicicleta até a cidade. À noite, após uma ceia tardia com a família, ajudo com a louça, jogo cartas com Gianna e então volto para o meu quarto na torre para ouvir música ou ler. O falcão do lado de fora da minha janela grita toda noite. E, cada noite, eu me sinto perplexa com o quanto a minha vida mudou. Principalmente, com o que eu não tenho há dias.

Televisão.

Fast-food.

Celular.

Carro.

Minha melhor amiga.

Exceto pela saudade de Jackie, honestamente não posso dizer que sinto falta de nada mais. E, para minha total perplexidade — embora meu plano de comer menos de mil calorias por dia tenha se desintegrado após minha primeira garfada do *linguine* com alho e azeite de trufas de Patrice —, meus shorts, blusas e calças estão ficando mais largos a cada dia. Ainda não estou precisando de um novo guarda-roupa, mas a sensação de ar entre minha pele e as roupas é incrivelmente deliciosa.

"Você está viva!", Jackie me manda uma mensagem instantânea.

Finalmente, encontro o cibercafé em uma ruazinha que sai da praça de Assis: Piazza del Comune. A meio caminho do topo da montanha, a praça se abre como um cálido abraço de uma *nonna* italiana. Pedras (é claro!), uma fonte circular em uma das extremidades, mesas de *trattoria* do outro lado e janelas de arco nos edifícios por toda a volta. Mães com seus bebês tomam sorvete à sombra, namorados se aconchegam uns aos outros sentados na borda da fonte alta. Muitas pessoas em movimento, mas aparentemente ninguém com pressa. Principalmente os monges franciscanos, que perambulam pela *piazza* com seus longos hábitos marrons.

"Você está acordada!", digito. São cerca de 10h da manhã, horário italiano, o que significa que é mais ou menos 1h da manhã em Santa Monica.

"Não consigo dormir", Jackie escreve. "Sozinha demais."

Sorrio. Não posso dizer a ela que tenho desmaiado toda tarde depois do almoço.

"Não temos computador", digito.

"*Mentira!*", Jackie responde.

"Tudo bem", escrevo, surpresa que esteja mesmo. "Estou em um cibercafé bebendo um *espresso*."

"To morrendo de inveja!"

Instantaneamente minha mente visualiza Drew Wyler.

"O que há de novo?", pergunto, prendendo a respiração.

"Surfe noturno é uma droga", responde ela.

Eu rio.

"Mais alguma coisa interessante à noite?"

"Pedicure conta como interessante?", ela digita.

"Meu Deus, espero que não", digito de volta.

"Então, não. Zero."

Contra a minha vontade, respiro, aliviada. Não que eu queira que Jackie tenha um verão ruim. Honestamente. É só que minha cabeça está muito à frente do meu coração quando se trata de imaginar minha melhor amiga e meu ex-futuro namorado um com o outro.

"A Itália é incrível", digito.

"Queria estar aí", ela digita de volta.

"Eu também queria que você estivesse aqui."

"*Ciao, mia amica*", Jackie escreve.

"Seu italiano é melhor do que o meu!"

"Olhei no dicionário."

"Rs."

"Amo vc."

"Amo vc tb."

Energizada pelo *espresso* e pela conversa com Jackie, rapidamente envio um e-mail aos meus pais ("Assis é maravilhosa! Amo vcs!") e então volto para o sol italiano. Hoje minha meta é a Chiesa Nuova, outra antiga igreja mais além colina acima. Supostamente, essa igreja foi construída no lugar onde a família de São Francisco morou. O que dá uma ideia de como os bumbuns deviam ser durinhos naqueles dias. Subir a essa altura só para chegar em casa? Embora a família de Francisco tivesse grana, duvido que contassem com serviço de entrega em domicílio. Posso bem imaginar a mãe dele gritando: "Você esqueceu o leite! Quantas vezes tenho de lhe lembrar?" Ou talvez tivessem uma vaca própria bem perto, nos fundos.

A cada dia meu objetivo é subir mais um pouco a íngreme colina de Assis até chegar ao topo: Rocca Maggiore, que eu chamo de "Pedra Maior", embora Patrice tenha me dito que significa *fortaleza grande*. Trata-se de um forte militar medieval com uma esplêndida vista de Assis e de tudo ao seu redor. Chegar até o topo da Pedra Maior será um grande feito para uma garota do sul da Califórnia que dirige mais do que anda.

— Que *costumava* dirigir mais do que andar — digo para mim mesma, com orgulho.

Inacreditavelmente, estou ficando mais forte a cada dia. Bufo muito menos na bicicleta e, quando ando, os músculos das minhas pernas já não gritam tantas obscenidades para mim. Ainda fico com o rosto vermelho quando chego à *piazza,* mas já não me sinto à beira de um ataque cardíaco. E, embora eu venha explorando Assis vagarosamente durante a subida, já posso decididamente sentir o princípio de um bumbum franciscanamente firme. Motivo por que paro em cada igreja: para agradecer a Deus o milagre.

Admito que também estou com o radar ligado para aquele garoto. O que tem os olhos turquesa. Não que sua piscada tenha tido algum significado. Mas nunca se sabe. Expandir minha educação latina para o âmbito do *latin lover* seria decididamente legal. Ou sexy, se eu tiver sorte. Tenho notado — para minha grande alegria — que as garotas italianas têm curvas. Aquele look picolé de Los Angeles não conseguiu atravessar o Atlântico. Aqui, ter quadris não é considerado pecado mortal.

Enquanto passo por jardineiras coloridas, pesadas portas de madeira, uma fonte esculpida em mármore com água jorrando da boca de um leão, sinto-me *em paz*. É estranho. Não consigo me lembrar da última vez em que me senti tão calma em Santa Monica.

Será a água? O vinho? De algum modo, parece que o próprio ar aqui é diferente. Mais espesso. Quando você fica aqui por algum tempo, é impossível ter pressa. Sinto-me muito mais relaxada do que de costume. A nuvem negra de destruição que costuma flutuar em meu horizonte agora é o brilho dourado da linda Assis. Mamãe ficaria orgulhosa.

— *Brava!* — digo para mim mesma. As coisas estão melhorando.

Vinte e quatro

— Até que altura hoje?

Opa. Dei minha primeira mancada do verão. Mandei um e-mail para minha mãe falando da diminuição do meu bumbum e das minhas subidas diárias na colina. *Não* mencionei suas fotos de biquíni nem meus insights do provável porquê de ela ser tão obcecada com meu peso. Senti que seria uma invasão à sua privacidade dizer-lhe que Patrice me mostrou as fotos que ela baniu de nossos álbuns de família. Hoje, porém, as brincadeiras sem repressão de mamãe nas ondas parecem um truque de Photoshop. Seria ela mesma?

"Patrice tem uma balança?", ela me pergunta no momento em que me conecto.

"O que você está fazendo acordada?" — escrevo de volta.

"Esperando você, é claro", ela responde. Então escreve: "Se Patrice não tiver balança, compre uma com aquele cartão ATM para emergências que lhe dei."

Só minha mãe consideraria comprar uma balança uma "emergência". Meus insights saem voando pela janela e quicam pela *piazza*. Mamãe e eu estamos de volta à velha dança de sempre.

"Até que altura você andou hoje?", ela digita. "Está caminhando em ritmo *acelerado*?"

"Como está Quinn?", indago, ignorando sua pergunta.

"Como sempre, grudado em seu videogame", responde ela.

"Papai?"

"Casado com seu gravador de vídeo digital."

"E você?", pergunto.

"Deprimida."

Meu corpo entra em alerta. Minha mãe, a Sra. Instrutora de Vida, *nunca* fica deprimida. Reprimida, talvez. Mas, como ela disse uma vez: "A única depressão que você vai ver em mim é a concavidade acima da minha clavícula."

"O que está acontecendo, mãe?", pergunto, preocupada.

"Lembra-se da minha amiga Colleen?"

"Sim", digito, com medo de ler o que aconteceu com Colleen.

"A filha dela se casou."

"E...?"

"A festa foi um jantar formal."

"Não estou entendendo, mãe", escrevo. "O que aconteceu com Colleen?"

"Colleen? Ela está ótima. Tamanho PP! O problema sou eu. Bebi vinho demais e tive uma recaída em velhos hábitos alimentares. Comi picanha!"

Meus dedos ficam imóveis sobre o teclado. Estou sem fala.

"Todo o meu árduo trabalho desperdiçado", minha mãe escreve. "No dia seguinte, acordei com dois quilos a mais."

A milhares de quilômetros de distância, posso ouvi-la choramingar.

"Você não precisa ir para um programa de reabilitação", digito. "É só carne vermelha."

"Como dizem, uma mordida é demais, cem não são suficientes", digita mamãe.

Fico tentada a alegrar seu estado de espírito dizendo-lhe que finalmente estamos tendo o momento de ligação mãe/filha que ela sempre quis, mas não é o que meu coração está sentindo. Não quando eu e meu corpo estamos finalmente nos entendendo. E, se eu tivesse uma balança falante aqui, ela finalmente diria "Está ótima!", em italiano.

Além disso, Patrice tem razão. Minha perspectiva está mudando. Ficar obcecada por causa de dois quilos parece ridículo quando mulheres no passado eram executadas na Colina do Inferno simplesmente porque as pessoas achavam que eram feiticeiras.

"Prometa-me que não vai fazer nenhuma bobagem, Hayley."

"Não se preocupe, mãe. Eu *nunca* vou fazer curry de cenoura e nabo."

"Ha-há."

"Preciso ir", escrevo.

"Coma seus legumes e verduras", responde ela.

Rapidamente, desconecto.

No momento em que estou offline, sinto o ronco de fome do meu estômago. De repente, um *gelato* parece a melhor ideia que já tive na vida.

— Aguente firme, Hayley — digo em voz alta. Duas outras pessoas no café me olham, mas eu não ligo. Algumas coisas são muito importantes para que guardemos silêncio.

Marchando porta afora, ando até a extremidade mais distante da praça, passando pelo quiosque de sorvete, a prefeitura e a fonte. Hoje pretendo chegar à Igreja de São Rufino. Como disse, há igrejas *por toda parte*. Supostamente, essa tem três esplêndidas janelas de rosas que não se pode deixar de ver. Respirando fundo, levanto a cabeça e o pé direito e começo minha subida pela íngreme colina.

— Esta é pelas bruxas — digo.

Vinte e cinco

Esta manhã estou dolorida, mas feliz. O sol me acorda com um beijo quente no rosto. Enquanto tomo um banho rápido e me visto, minha mente vislumbra Drew Wyler. Ele está tão distante, sua imagem é um afresco desbotado em minha mente. Por fim, estou razoavelmente segura de que posso vê-lo sem *senti-lo*. Meus olhos poderiam absorvê-lo enquanto meu coração mantém distância.

Exultante, desço praticamente aos pulos a escada em espiral para me juntar aos De Luca para o café da manhã.

— Estamos aqui fora — grita Gianna do jardim nos fundos.

Posso perceber por sua voz que ela está animada com alguma coisa. Com Gianna, poderia ser qualquer coisa: da formação de uma nova boy band à captura de uma joaninha.

— Esta é a minha melhor amiga, Romy — diz Gianna, quando a encontro no jardim dos fundos. — Ela é alemã, mas mora na Itália.

— Ah, sim — digo, lembrando-me vagamente de quando Gianna me falou sobre ela. — Oi, Romy. — Estendo a mão.

Romy parece a tela em branco para o retrato colorido de Gianna. Seu cabelo é louro quase branco e ela usa uma camiseta bege com short marfim. Até suas pernas magricelas são pálidas ao ponto de parecerem azuis.

Aceitando timidamente minha mão estendida, Romy a aperta frouxamente, dirigindo-me um olhar rápido e de lado.

— Temos uma surpresa! — exclama Gianna. Então sai em disparada, com Romy correndo atrás dela.

Do canto mais distante do enorme quintal nos fundos da casa dos De Luca, Patrice e Taddeo acenam enquanto todas nós corremos para lá. Ambos estão de pé atrás de uma cerca alta feita de estacas de madeira e anéis de arame grosso. Patrice usa um chapéu molenga para se proteger do sol e luvas. Taddeo, feliz, está todo coberto de terra. Gino, obviamente, já está no trabalho, em Perugia.

— Venha! — Gianna me conduz por um portão improvisado para uma horta exuberante e colorida. Algumas plantas são novas, outras estão ali bem enraizadas. Romy gravita na direção dos girassóis marrons e amarelos que assomam acima de sua cabeça.

— *Buon giorno*, Hayley — diz Patrice, tirando um fiapo de cabelo dos olhos com as costas da luva.

— Você é roxo! — grita Taddeo.

Gianna bate os pés na terra macia.

— Eu que ia contar a ela!

— Contar o quê? — pergunto.

Compondo-se, Gianna levanta a cabeça com imponência e diz:

— Bem-vinda ao jardim da família De Luca. *Mamma* é verde, Taddeo é amarelo, eu sou vermelho, e agora você é roxo!

Sorrindo, olho à volta o jardim organizado. Embaixo dos girassóis estão moitas de manjericão, sálvia e salsa. Caules baixos de tomates gorduchos erguem-se ao lado de hastes novas de milho. Rente ao chão, vejo cabeças fofas de alface e uma trepadeira verde que se espalha carregada de minúsculas berinjelas.

Amarelo, verde, vermelho e roxo.

— É um projeto da família — explica Patrice. — Todo ano escolhemos uma cor diferente para plantar e cuidar. Após o almoço, antes do *riposo*, em geral você nos encontra aqui.

— Agora com você também! — diz Gianna com um gritinho.

— Sinto-me honrada — digo. E é verdade. Que coisa mais legal!

Como eu moro em um apartamento nos Estados Unidos, nunca tive um quintal. Mamãe planta flores em duas jardineiras, mas são os mesmos gerânios vermelhos todos os anos. Agora eu já nem os noto mais. Não é horrível? Aqui você não pode deixar de notar a vida à sua volta.

Romy recolhe um feixe de flores silvestres junto da cerca enquanto Gianna verifica suas beterrabas, Taddeo anda em torno de uma fileira de abobrinhas amarelas, Patrice corta raminhos de orégano fresco e eu examino várias cabeças de alface roxa que irrompem do solo para ver se estão precisando de alguma coisa.

Hoje esqueço minha subida até o céu de Assis e enfio as mãos na terra italiana.

Vinte e seis

Hoje à noite, temos gim. O jogo de cartas, não a bebida.

— *Grazie* — diz Gianna, recolhendo a carta que deixei sobre a mesa.

— *Prego* — respondo, espiando com atenção acima de minhas cartas abertas em leque.

Patrice e Gino estão sentados um de frente para o outro em poltronas estofadas atrás da gente. Ambos leem o jornal. Taddeo está no chão construindo uma elaborada pista cheia de curvas para seus Hot Wheels. O cheiro de alho assado ainda paira no ar e em minha língua. Tomo um gole de *espresso* descafeinado, belisco *biscotti* de amêndoa. Estendo a mão para pegar uma nova carta no monte de compra. Gianna dá uma risadinha. Eu sempre sei quando ela está prestes a fazer gim, isto é, uma sequência completa.

— Não tão rápido, garotinha — digo, sorrindo. — Só preciso de mais uma carta para vencer.

Para minha completa surpresa, adaptei-me facilmente à rotina familiar dos De Luca. Sua naturalidade uns com os outros abrandou a minha alma. Ninguém precisa falar para se relacionar. Uma televisão no volume máximo não tem de substituir a conversa. E o mais importante: em momentos de silêncio, não se tem a sensação de que uma enxurrada de palavras está sendo represada. Aqui, o silêncio é simplesmente isto: *silêncio*. Não se trata de uma quietude furiosa ou mau humor ou desatenção. Essa família se sente unida sob o mesmo teto, não aprisionada.

Será que a minha família é que é diferente?, eu me pergunto. Ou eu? Meu país? Nosso estilo de vida? Ou simplesmente a forma como escolhemos viver? Ver minha vida de uma distância de quase dez mil quilômetros dá às coisas outra perspectiva. Aqui, na simplicidade da Itália, sinto-me como se tivesse complicado exageradamente minha vida na Califórnia. Estava vivendo na cabeça, não no coração. Mesmo ao ter o coração partido, tentei rapidamente deixar o fato para trás. Superar. Ignorar. Será que me permiti *sentir*? Em meio a todos os ruídos na minha vida, será que eu nem sequer ouvi meu coração gritar?

— Ganhei! — Gianna grita, jogando na mesa as cartas em sua mão. — Vamos jogar de novo?

Sorrio.

— Está bem — digo, surpresa por estar me divertindo tanto jogando cartas com uma menina de 10 anos. A última vez em que joguei com meu irmão, Quinn, foi Banco Imobiliário.

— Pode pagar, mané! — eu dizia cada vez que ele parava em uma de minhas propriedades.

— Isso vai ter volta, perdedora! — ele me respondia.

De repente, sinto saudades de casa. Mas é um tipo estranho de sentimento. Meu coração dói por um lar que nunca tive.

— Eu dou as cartas — diz Gianna.

Ela está radiante. E é contagiante. Meu coração torna a se contrair. Sinto-me ao mesmo tempo triste e feliz, com saudade do passado e entusiasmada com o futuro. Minha barriga se revolve de emoção.

Naquele momento, na sala de estar dos De Luca, enquanto examino minhas cartas e sorrio para Gianna, tomo uma decisão. A partir de agora, independentemente de como eu me sinta, vou sentir. *Sentir* de verdade. Mesmo que isso me mate.

Vinte e sete

Foi simples. Tudo que fiz foi dizer uma frase e *puf*! Ontem à noite, enquanto jogava com Gianna, mencionei que gostaria de ir a Roma. Hoje de manhã, com toda a família De Luca, aqui estou eu. No carro, a caminho de Roma. É fácil identificar meus verdadeiros sentimentos hoje: estou em êxtase.

— *Vengo ecco!* — grito. Aqui vou eu! Pelo menos acho que é assim que se diz. Deve ser, pois todos no carro gritam o mesmo.

— *Vengo ecco! Vengo ecco!*

Gino dirige, pois tirou o dia de folga para ir conosco. Mais cedo, ajudei Patrice a arrumar uma cesta de piquenique com morangos frescos da sua (nossa!) horta e sanduíches de *prosciutto* em pão cortado em fatias bem fininhas, da *panetteria* na subida da colina. Estamos todos espremidos no carrinho minúsculo, mas a sensação é mais de aventura do que de tortura. Gianna, Taddeo e eu vamos no banco de trás; Gino, Patrice e nosso banquete vão na frente.

— Podemos escalar o monte Vesúvio? — Taddeo pergunta, batendo palmas.

— Ele fica em Nápoles, docinho — responde Patrice, rindo.

— A montanha explodiu — ele me informa.

Sorrio, e me lembro do meu irmão. Seu videogame favorito é Crusty Demons. Quando papai lhe deu de presente em seu aniversário de 10 anos, fiquei espantada.

Li a descrição em voz alta: "Colisões espetaculares infligem graves ferimentos e dor a pilotos de motocross." Além de tudo, a classificação é para "experientes" e nós sabemos que Quinn é tudo, menos isso.

Papai deu de ombros.

— Garotos são sempre garotos.

No banco da frente na autoestrada para Roma, vejo Gino dar de ombros da mesma forma. Acho que pais são sempre pais.

Gino dirige na mesma velocidade dos outros italianos. Tento não entrar em pânico nem imaginar colisões espetaculares que infligem graves ferimentos enquanto ele ocupa duas pistas. Além disso, ele fala com as mãos, portanto de modo algum eu vou perguntar qualquer coisa a ele até chegarmos a Roma inteiros.

Amplos campos verdes se estendem de ambos os lados da estrada. A distância, casas de fazenda feitas de pedra pipocam aqui e ali, assim como pequenos vilarejos e cidades em colinas. É difícil acreditar que estamos tão perto do berço da civilização romana. Seja lá o que isso signifique. Eu só me lembro disso das aulas de História da Europa. Se soubesse que um dia *estaria* aqui de verdade, teria prestado mais atenção.

— Como é Santa Monica? — Gianna me pergunta.

— Quem?

— A cidade onde você mora na América — ela diz.

Ah. *Aquela* santa. Dou uma risadinha. Duvido que alguém que more na terra das cirurgias de aumento do bumbum à brasileira se dê conta de que sua cidade foi batizada em homenagem a uma santa.

— Fica perto do oceano Pacífico — digo. — Sol o tempo todo, cheia de louras bronzeadas com abdome de aço.

— Parece bonito — suspira Gianna.

— Para mim, *isto* é bonito. — Aponto pela janela. Uma mulher idosa com um vestido preto rega as papoulas vermelhas que crescem diante do muro de pedra em ruínas que circunda sua antiga casa de pedra. Isso é real. É *vida*.

— É tão velho! — geme Gianna.

— E tudo no sul da Califórnia é novo. Gosto mais do antigo.

— O novo também é bom — diz ela. Em silêncio Gianna enrosca os dedos na minha mão, e mais uma vez sinto saudades de casa. Qual foi a última vez em que peguei a mão de Quinn ou ele pegou a minha?

Roma fica a uns 160 quilômetros, ou cem milhas, de Assis, o que eu levaria pelo menos duas horas para percorrer. Pouco mais de uma hora depois de partirmos, porém, Gino anuncia:

— *Roma venti chilometri!* Roma a vinte quilômetros. O que são cerca de 12 milhas, acho. Ainda não domino esse sistema de conversão. Também me confundo com o euro. Um dólar são três quartos de um euro? Ou um euro são 75 centavos de dólar?

Quando você olha para Roma em um mapa, parece um ovo frito. A cidade é completamente cercada por uma estrada. A Cidade do Vaticano é a gema. Gino gira em torno dela até dobrar em uma rua chamada Via Aurelia.

— Todos os caminhos levam a Roma — cantarola Patrice.

Meu coração bate forte. Ainda não consigo acreditar que estou aqui. Na cidade em que gladiadores enfrentavam leões, Júlio César *não* inventou a Caesar salad, ao contrário do que se acredita, e onde a arte renascentista nasceu — ou, melhor, *re*nasceu. Uau, acho que aprendi mesmo alguma coisa nas aulas de História Europeia.

Gino nos conduz por uma estreita rua lateral ladeada por antigos edifícios de apartamentos. Em uma manobra rápida, ele estaciona com perícia em fila dupla.

— *Arriviamo!* — declara ele.

Chegamos. Animada, salto do banco traseiro e me estico, quase sendo esmagada por uma moto que passa zunindo. O piloto, um italiano lindo, grita alguma coisa para mim. A carona, uma italiana ainda mais linda, sorri, encolhe os ombros nus e aperta mais forte os braços bronzeados em torno da cintura dele. Não vejo nenhum pelo em suas pernas, axilas *ou* buço.

Enquanto olho à minha volta, entendo o que a velha senhora no avião estava falando. Roma é um pouco suja e enfumaçada. Tem trânsito por toda parte, e os romanos não parecem perceber; dirigem rápido assim mesmo. Não posso acreditar que não aconteçam acidentes a cada cruzamento.

Então dobramos uma esquina e tudo se transforma.

— Praça de São Pedro — diz Gino, abrindo os braços como um papa orgulhoso. O núcleo da Igreja Católica.

Uau. A praça que circunda a gema. Boquiaberta, caminho pelo amplo espaço e volto no tempo. A imensa *piazza* circular tem grandes colunas de pedra por toda a sua volta. Há pessoas por toda parte. Algumas rezando, outras tirando fotografias. É fácil identificar os marinheiros de primeira viagem: eles também estão de boca aberta.

No alto das colunas, erguendo-se como ciprestes cinzentos, veem-se estátuas de todos os santos. Naturalmente, estou louca para encontrar o meu favorito: São Francisco de Assis. Taddeo pega minha mão e me arrasta para o lado direito.

— *Qui* — diz ele.

Francisco está tão alto que eu mal posso vê-lo. No entanto, ainda consigo discernir a imagem de um homem que vi representado por toda Assis; piedoso, generoso, santo. Com a minha mão ainda na dele, Taddeo me puxa além do obelisco no centro da "praça", o apartamento do papa, e o prédio com a famosa sacada onde o papa está sempre sentado acenando.

— Esta é a Cidade do Vaticano — diz Patrice. — Um pequeno país bem no centro de Roma.

— Aquela é a igreja particular do papa? — pergunto, apontando o imenso prédio de cúpula na extremidade oposta do círculo.

Patrice ri.

— Acho que sim. Embora ele permita que muitos de nós entremos. A Basílica de São Pedro é uma das maiores igrejas no mundo. Sessenta *mil* pessoas podem assistir à missa aqui.

Entramos na igreja gigantesca. A luz do sol brilha suavemente pelas janelas da cúpula impossivelmente alta. O teto arredondado por toda a extensão da igreja é dourado e reluzente. O altar é emoldurado por uma imensa estrutura de bronze que parece um templo budista. Pergunto-me se Dante um dia parou no lugar onde me encontro. Será que ele olhou para o teto celestial e imaginou como seria o inferno?

Em vez de nos sentar em um dos bancos no centro da igreja, perambulamos ao longo de seu perímetro. A primeira visão é a escultura mais angustiante que já vi na vida.

— A *Pietà* de Michelangelo — diz Patrice baixinho. — Ele a esculpiu quando tinha apenas 24 anos.

A escultura cinza brilhante — o corpo de Jesus caído sobre o colo de sua mãe arrasada — encontra-se atrás de uma proteção de vidro.

— Um louco com um martelo entrou aqui nos anos 1970 e arrancou o braço e parte do nariz de Maria — conta Patrice.

Respiro fundo.

— Quem poderia fazer uma coisa dessas?

— Quem poderia jogar um avião deliberadamente contra um edifício? — responde Patrice.— O mundo está cheio de insanidade.

Em silêncio, saímos pela lateral e damos a volta até o prédio mais famoso da Cidade do Vaticano: a Capela Sistina. Tem uma fila para entrar, mas eu não me importo de esperar.

É um dia ensolarado e agradável, e Gianna me distrai com uma imitação perfeita de Madonna cantando "Like a Virgin".

Gino, é claro, fica mortificado.

— *Silenzio* — ordena ele. — *Rispetto.* — Gianna imediatamente se cala.

A Capela Sistina decididamente vale a espera. Não posso acreditar que seres humanos conseguiram criar tal beleza. O salão é um retângulo, com um longo teto em arco. Os melhores pintores foram contratados para criá-lo: Botticelli, Rosselli, Perugino e, naturalmente, Buonarotti, mais conhecido por seu prenome: Michelangelo. Como Cher.

— Quatro anos deitado de costas no ar — diz Gino, enquanto todos prendemos o ar diante das cores vibrantes de tantas imagens famosas. Especialmente a mais famosa de todas: Deus e o homem tocando os dedos.

Será que Michelangelo sabia que estava criando arte que inspiraria milhões de pessoas durante séculos? Ele *tinha* de saber. Como poderia não saber?

Mais uma vez sinto-me pasma com a diferença entre os museus do meu país e os daqui. Quando o Getty Center inaugurou em Los Angeles, meus pais nos levaram até lá pela autoestrada.

— Cinco dólares para estacionar! — resmungou papai.

— Vamos ver primeiro as pinturas famosas — disse mamãe — para voltarmos para casa antes do almoço.

Lá, o museu era um destino, uma viagem, um edifício tão alto no topo da colina que era preciso tomar um bonde para chegar até ele. Aqui, você dobra uma esquina e a arte se derrama sobre você. A cada passo, você volta centenas de anos. Em algumas partes de Roma, *milhares* de anos.

— Estou com fome — diz Taddeo. Eu rio. É, garotos são garotos em todo lugar.

Embora esteja perto da hora do almoço, temos mais uma parada antes de comermos. Fazendo sinal para um táxi já fora da Cidade do Vaticano, Gino diz ao motorista aonde ir em italiano. E lá vamos nós, serpenteando em meio ao trânsito a uma velocidade assustadora. Os nós dos meus dedos estão brancos no descanso para o braço. Patrice, ao meu lado, me dá tapinhas no joelho.

— Feche os olhos — sugere ela. Mas eu não fecho. Embora Roma esteja passando voando pela janela, não quero perder uma única visão.

Cruzamos o rio Tiber, ziguezagueando em uma rua ampla e em várias outras estreitas, até que o carro para bruscamente.

— *Il Pantheon!* — o motorista anuncia com orgulho, como se ele mesmo o tivesse construído.

Aliviada por ter chegado viva, sinto-me ainda mais extasiada por ver outro prédio sobre o qual aprendera em minhas aulas de História Europeia. O Panteão. Uma das estruturas *antigas* de Roma. Construída pelo Império Romano, está de pé há séculos.

Lá dentro, ergo os olhos para ver a maior abóbada de tijolos da história da arquitetura, decorada como um waffle, e sinto-me minúscula diante dele. Mas a coisa mais legal de todas é o círculo aberto no topo. A abóbada inteira é um *relógio de sol*, com a luz do sol atravessando-o e marcando a hora na base da cúpula à medida que o dia passa. A coisa mais impressionante é que ele ainda hoje mostra a hora perfeitamente.

— Hora do almoço! — anuncia Gino, olhando para o maciço relógio de sol.

Rimos e o seguimos, saindo. No quente ar romano, paro para medir minha temperatura emocional. Sorrio e suspiro. Sinto-me absoluta, completa e totalmente *contente*.

Depois de uma breve caminhada, os De Luca e eu estamos na Piazza Navona, a linda praça principal de Roma. Trata-se de uma enorme área oval, com três fontes e centenas de pessoas almoçando. Encontramos um lugar à sombra da estátua mais impressionante: a Fonte dos Quatro Rios, que tem homens que parecem sair da própria pedra.

Como deve ser conviver com tamanha beleza?, eu me pergunto. Será que os romanos a apreciam devidamente? Ou é como a costa sul da Califórnia ao pôr do sol? Linda, sim. Mas sem graça quando você vê todos os dias.

— *Mangia!*

Ajudo Patrice a distribuir os sanduíches que fizemos de manhã, enquanto Gino abre a garrafa de vinho. As crianças bebem água com gás. Com a primeira mordida, minhas papilas gustativas se regozijam. *Prosciutto* seco e salgado e incrivelmente delicioso. Mastigo lentamente, deixando os sabores invadirem toda a minha boca. Entre uma mordida e outra, mordisco morangos cultivados em casa, ao mesmo tempo tão doces e azedinhos que tenho a impressão de nunca ter comido um morango antes. Bebo um gole do vinho tinto terroso. Sinto-me como uma deusa romana.

Eu. Hayley. A garota gorducha com o rostinho bonito. Hoje, me sinto linda.

O restante da tarde e o início da noite são uma caminhada ao longo da História. É quase informação demais para absorver em um só dia. Estou com sobrecarga sensorial. Primeiro, o antigo Coliseu, onde os gladiadores lutavam e multidões gritavam clamando por sangue. É estranho ver uma ruína tão familiar e tão perto de edifícios de apartamentos e hotéis modernos. Além do Coliseu, ficam as ruínas do Fórum. Embora grande parte delas tenha desmoronado, você quase pode ver os romanos se reunindo ali em suas togas para fazer compras, ir ao banco, ouvir os oradores públicos.

— Como Times Square em Nova York — diz Gianna.

Quando o sol começa a cair, nós todos também já estamos caídos. Taddeo dorme no colo da mãe. Decidimos fazer uma ceia antecipada em uma *trattoria* das redondezas antes de ir para casa. Para mim, parece bom. Estou exausta. Também mal posso esperar para levantar amanhã de manhã, ir até o cibercafé e contar a Jackie tudo sobre o meu dia incrível.

— O que você quer comer? — Gino me pergunta.

Respondo com uma só palavra:

— *Pancetta!*

Quando em Roma...

Vinte e oito

O espírito da Itália conquistou a minha alma. Estou relaxada, feliz, afetuosa. É como se eu fizesse parte da terra, não como se estivesse simplesmente nela. Hoje o sol é um manto suave em torno do meu corpo. É uma sensação gostosa. Acordei cedo, e assim Jackie não vai ter de ficar acordada até tão tarde. Minhas pernas pedalam alegremente até o pé da grande colina de Assis. Meu short está folgado, sinto minhas coxas firmes. Faz dois dias desde a última vez em que me conectei com Jackie. Antes, isso teria me enlouquecido, mas agora estou inserida no tempo italiano. Nada é corrido; tudo acontece quando tem de acontecer.

Um cavalo, pastando no campo verde à minha direita, sacode a crina na minha direção. Jogo a minha imediatamente, em resposta. Passando por uma senhora em sua horta, grito:

— *Buon giorno!* — Ela acena e responde à saudação.

Com a bicicleta trancada no estacionamento no pé da colina, começo minha agora familiar ascensão até o cibercafé. Os comerciantes a essa altura já me conhecem. O florista colhe uma de suas margaridas amarelas e me dá de presente.

— *Grazie* — digo, prendendo o caule atrás da orelha.

Alguma coisa está acontecendo comigo. Estou me aceitando mais. Talvez tenha sido ver as ruínas de Roma e perceber o quanto é breve nossa permanência neste planeta. Ou talvez seja simplesmente a Itália. Daqui, o sul da Califórnia parece uma miragem. Por que passei tantos anos obcecada em me ajustar a uma miragem?

Mario, o cara no balcão do cibercafé, me traz um espresso sem que eu peça. E diz:

— O computador número três está livre.

Sento-me diante da tela, misturo um envelopinho de açúcar no meu espresso, tomo um gole, então me conecto para ver se Jackie está online.

"Ooooooi", digito. "Está acordada?"

Após alguns momentos e mais um gole do espresso forte e quente, uma mensagem aparece na tela.

"Oi", diz simplesmente.

Entusiasmados por "falar" com minha melhor amiga, meus dedos voam pelo teclado. Descrevo Roma, a *pancetta*, o cavalo daquela manhã e minha nova sensação de paz interior. Se alguém é capaz de compreender minha transformação, essa pessoa é Jackie.

"O q há de novo c/ vc?", pergunto finalmente.

A tela fica vazia. Aguardo. Vejo que ela ainda está online. Será que foi buscar um café? Foi ao banheiro?

"Jackie???"

Meu coração para quando as três palavras seguintes surgem na tela.

"Drew está aqui."

Minhas mãos voam até minha boca. Não consigo acreditar em meus olhos. Depois, naturalmente, consigo. Será que ele estava ali o tempo todo? Essa é a primeira vez que ela tem coragem de me dizer?

A alegria deixa meu corpo como o sangue de um coração perfurado.

Tentando parecer indiferente, digito:

"Oi, D. Td bem?"

Tenho a sensação de que uma bala de canhão acaba de atingir o meu peito. Tento respirar fundo, mas dói.

"Estou bem." Drew entra no computador de Jackie e me manda a mensagem. "Como está td?"

"Quente", escrevo. "E legal. Como está nosso verão?"

"A mesma droga de sempre."

Estou morrendo de vontade de perguntar: "O que você está fazendo aí? Já é tarde. Você e Jackie acabaram de fazer sexo? Você pensa em mim em algum momento?"

Em vez disso, escrevo:

"Tem ido à praia?"

Ele responde:

"Nós vamos amanhã."

A bala de canhão me acerta outra vez. Dessa vez mais baixo. Um tiro na boca do estômago. *Nós.* Jackie e Drew já são um "nós"?

Meu bem-estar italiano se dissolve em mágoa americana. Justamente quando eu achava que estava bem.

"Está na minha hora", digito rapidamente. "Dê tchau por mim."

E me desconecto antes que Jackie tenha chance de retornar.

— Mais um *espresso*? — Mario pergunta.

— Não, *grazie* — respondo, pagando apressadamente e quase saindo correndo pela porta.

Pela primeira vez desde que cheguei à Itália, encontro uma cabine telefônica no canto da praça e ligo para Patrice.

— Não vou almoçar em casa — digo, jogando a estúpida margarida atrás da minha orelha no chão.

— Você está bem? — pergunta ela.

— Sim — minto. — Estou com vontade de ficar na cidade hoje.

— Então coma alguma coisa, Hayley.

— Não se preocupe. Vou comer.

No piloto automático, desligo o telefone e desço até metade da colina até a confeitaria por que passo todos os dias. Graças a Deus ainda está aberta. As prateleiras de vidro na vitrine têm pilhas altas de *biscotti*, suspiros, bolas de chocolate e biscoitos de pistache.

Lá dentro, o cheiro de massa assando e manteiga derretida enche minha cabeça quando inspiro com força.

— *Parla inglese?* — pergunto.

— Um pouquinho — responde a mulher atrás do balcão.

— Preciso de uma sacola cheia de doces diferentes para uma festa hoje à noite — digo.

Ela parece confusa.

— *Desidera...* — diz ela, apontando para diferentes travessas na vitrine — *...questo?*

— *Sì* — respondo. Então aponto para outras. — *E questo, e questo, e questo.* — Embora ela não me compreenda, sinto-me compelida a acrescentar: — Vai ter muita gente. Preciso de uma quantidade suficiente para todos.

O total é a colossal soma de 22 euros. A sacola imensa pesa uma tonelada. Meu coração pesa ainda mais. Agradeço à mulher, saio da loja e subo de volta a colina. Não tenho certeza de para onde estou indo, mas vou saber quando chegar lá. Um lugar para me esconder.

Numa minúscula e ensombreada rua lateral, encontro o lugar perfeito. Um velho edifício de pedra está sendo reformado. Será que foi danificado no terremoto?, me pergunto. Não tem ninguém trabalhando ali hoje, embora esteja coberto de andaimes. Um deles, baixo, na lateral do prédio, faz um banco perfeito. Ninguém vai me ver aqui.

Sento-me, abro a sacola de doces e devoro vários biscoitos de marzipã antes de sequer me dar conta do que estou fazendo. Mal sinto o gosto deles. Mas logo eu os *sinto*.

— Ótimo — digo em voz alta.

Minha emoções que se danem. Nesse momento, preciso me sentir cheia.

Vinte e nove

— Algum problema, querida? — Patrice me pergunta.

Estamos trabalhando na horta, mas meu coração não está ali. O setor roxo está todo murcho. Como eu.

— Estou bem — digo, meu tom agudo dizendo a ela que não me pergunte de novo. Também nesse aspecto diferente de minha mãe, Patrice me deixa em paz.

Durante os vários dias que se seguem, não vou a lugar algum. Durmo muito, como demais. Depois do almoço, lavo a louça. Antes do jantar, remexo na horta. Assim que posso, subo direto para minha torre. Até mesmo Gianna parece temer me aborrecer. Uma noite, depois da ceia, ela passa um bilhete por baixo da porta fechada do meu quarto.

"Vamos jogar cartas esta noite?"

"Não, *grazie*", escrevo, passando o bilhete de volta por baixo da porta.

Quero ficar sozinha. Os De Luca não me pressionam. Na verdade, uma noite pela janela aberta, ouço Gino dizer:

— Ela sabe que estamos aqui, se precisar de nós. Deixe-a viver a própria vida.

Como ele falou na minha língua, sei que queria que eu ouvisse. Eu ia gritar "obrigada" da minha janela, mas, quando examinei meus sentimentos, não tive vontade de me levantar da cama.

Toda noite, bem diante da minha janela, aquele maldito falcão grita. Hoje, está escuro, já é tarde. Estou deitada de barriga para cima, as lágrimas rolando para o meu cabelo. Sei que estou sendo estúpida. Eu dei o sinal verde a Jackie! Por que, então, foi um golpe tão duro saber que ela foi em frente? Por que tenho a sensação de que meu coração foi nocauteado?

A noite toda, afundo em meu sofrimento. Eu não o reprimo; deixo-o fluir. Eu o *sinto*. Como uma mortalha, envolvo todo o meu corpo com a minha dor. Quando o sol se levanta, meus olhos estão vermelhos e inchados e eu mal tenho energia para descer a escada em espiral para o café da manhã.

Sinto-me como uma ruína romana.

Estou desmoronando. Sou o Fórum, não o Panteão. Estou aqui apenas pela metade.

De repente, me lembro do dia lindo e ensolarado que passei em Roma. No meio da escada, eu paro. Minha cabeça se enche de imagens. A Igreja de São Pedro original foi destruída e reconstruída, o Coliseu foi danificado por terremotos e ainda assim se ergue, sólido. Mesmo em Assis, recolheram os pedaços dos afrescos caídos e restauraram sua beleza.

Por que sou tão frágil que me despedaço por causa de uma mensagem instantânea?

— Por quê, Hayley? — pergunto em voz alta, de pé nos degraus.

Ouço a voz da Sra. Antonucci em minha cabeça. *Grave na memória cada momento.*

Então ouço Gino. *Deixe-a viver a própria vida.*

Não preciso ouvir mais nada.

— Basta — digo. — Já chega.

Vivenciar minhas emoções é uma coisa. Ficar me lamentando o resto do verão e comer até ter uma bunda do tamanho do Coliseu é outra bem diferente. Está na hora de me levantar e viver a vida.

— Nada mais de amargura! — digo, erguendo o queixo. — Anime-se!

Instantaneamente, meu destino se desenrola diante de mim. Sei exatamente o que vou fazer.

— Hayley — digo em voz alta. — Hoje você vai direto para o topo.

Trinta

Nada vai me deter. Já passei o protetor solar, a garrafinha de água está cheia. Estou usando duas meias em cada pé como acolchoamento extra, e meu cabelo está trançado e enrolado em um nó no alto da cabeça. Tomei um bom café da manhã, pedalei com tranquilidade até o que agora chamo de "acampamento base" no pé da imensa colina de Assis. Já disse a Patrice que não me espere para o almoço. Não tenho ideia de quanto tempo vai levar. Mas não estou preocupada com isso. Não importa o que aconteça, vou chegar à Pedra Maior hoje. A Fortaleza. O topo.

— Adrian! — grito em uma péssima imitação de Rocky Balboa. Tanto turistas quanto moradores me olham. Mas está tudo bem. Hoje estou a caminho de viver minha *própria* vida.

A floricultura está aberta, assim como as lojas de suvenires e de sabonete e a confeitaria. Rapidamente, passo direto, acenando enquanto sigo adiante. Movendo os braços para a frente e para trás, mantenho um bom ritmo. A *piazza* está agitada, mas também não paro ali. Passo pelo Templo de Minerva e a torre do relógio. Secando a testa molhada na manga, continuo andando.

Não há uma única nuvem no céu. Os prédios de pedra estão quase brancos ao sol úmbrio. É incrivelmente bonito. Meu coração ainda dói, mas ao mesmo tempo se eleva.

Não tenho ideia de aonde estou indo exatamente... além do fato de que é para cima. Espero que haja placas indicando o caminho. Quanto mais subo pela calçada de pedra, menor o número de pessoas à minha volta. Enquanto passo pelas igrejas que já visitei, sinto o sangue bombeando furiosamente. Ainda assim, não reduzo o ritmo. Não posso. Mesmo que isso me mate.

— *Fa molto caldo* — uma mulher me diz diante de sua casa na colina, regando as flores.

Sem compreendê-la, sorrio e dou de ombros. Ela aponta para o sol quente.

— Ah, *sì, sì* — digo. Deve ser universal. Mesmo na Itália, estranhos conversam sobre o tempo.

Por fim, pouco antes da Igreja de São Rufino, vejo uma placa e um desenho indicando a Rocca Maggiore. A estrada para a Pedra Maior é uma acentuada ferradura numa parte da colina ainda mais íngreme. Parando por um momento para recuperar o fôlego, olho para baixo, para o lindo vale úmbrio. Minha mente visualiza Jackie e Drew, mas fecho os olhos e os bloqueio. Hoje, no caminho para o topo, recuso-me a deixar que alguma coisa me deprima.

Como a hora do almoço está se aproximando, meu estômago ronca. Duvido que haja uma *trattoria* lá em cima, na velha fortaleza, mas espero um carrinho de comida, um quiosque de *panini*... alguma coisa. Reconheço que não planejei isso muito bem. Deveria ter trazido o almoço.

— Ora, pois bem, Hayley — digo, sorrindo. — Seu corpo vai ter de queimar o combustível que estoca nas coxas.

Mais adiante, há uma comprida escada. Feita de tijolos cinza, com um esquelético corrimão de ferro fundido preto, ela se estende tão alto que não consigo ver o fim. Pedra Maior, aí vou eu.

Respirando fundo e prendendo fiapos soltos de cabelo atrás das orelhas, começo a última etapa da subida. Paro uma vez para beber água, outra para respirar. A meio caminho do topo, minhas panturrilhas doem, meu peito arfa e o protetor solar escorre pelo meu rosto. Pareço uma maratonista determinada a cruzar a linha de chegada independentemente do quanto esteja tarde. O que, de certa forma, é o que sou. Pelo menos na parte da determinação.

Finalmente, como uma miragem no deserto, vejo um portão, um arco e — graças a Deus! — um café. Ainda não é Pedra Maior, mas pelo menos posso parar, comer e recuperar um pouco das sensações em minhas pernas.

— *Buon giorno* — uma mulher baixa e robusta me cumprimenta por trás do balcão. Seu café é uma minúscula cabana marrom enfiada entre as árvores. Mesas e cadeiras de plástico vazias circundam o pequeno quadrado de tijolos do lado de fora. Não fosse pelas flores plantadas ao longo das bordas, o cenário me deixaria apavorada. É isolado e deserto. Potencial para filme de terror. *Assassinato da turista faminta.* A garota com o rostinho bonito.

— *Parla inglese?* — pergunto à mulher, embora saiba qual será sua resposta. Nessa altitude, tenho a sensação de estar em outro país.

Ela ergue o indicador, como se dissesse "Só um segundo", e grita para os fundos:

— Lorenzo!

Uma porta de vaivém se abre e meu coração salta para o chão de tijolos. É *ele.* O garoto com os olhos turquesa.

— *Americana!* — diz ele.

Embora eu não acreditasse que isso fosse possível, minhas bochechas vermelhas ficam ainda mais vermelhas. Meu cabelo está colado na cabeça, meu rosto limpo está cheio de sardas do sol. Não tenho nem um brilho nos lábios! Nunca estive com a aparência pior. No entanto, aqui está ele, parado à minha frente, sorrindo. O espaço entre seus dentes da frente faz meus joelhos fraquejarem.

— Sente-se onde preferir — diz ele. — Reservei todas as mesas para você.

Rio e escolho a mesa mais próxima do lado de fora. Entre a árdua subida e os lábios cor de vinho dele, não posso confiar que minhas pernas me sustentem por muito mais tempo.

— O que você quer? — pergunta ele.

Só consigo pensar em três palavras: Você, você, você.

Trinta e Um

— Meu nome é Enzo — ele diz, pronunciando seu nome como se houvesse um "t" no meio: *Entzo*.

— O meu é Hayley — replico, sabendo que sua pronúncia vai eliminar o "h".

Ayley e Entzo. Gosto do som dessa combinação.

Está fresco na sombra da mesa ao ar livre. Uma brisa acaricia o meu rosto. Ainda estou encharcada de suor, mas agora é mais nervosismo do que esforço físico.

— Quero, hã, uma salada — peço. — Pequena.

Enzo ri.

— Não temos salada. Espresso?

— Espresso, não. *Panini?* — pergunto.

— *Panini*, não. Um momento.

Enzo desaparece na cabana e então reaparece com dois sorvetes de casquinha.

— *Gelato!* — anuncia ele com tamanha alegria que não tenho coragem de recusar.

Relaxe, Hayley, digo a mim mesma. Você pode encarar um sorvete sem perder o controle.

— *Grazie* — digo. O sorvete já começa a derreter.

É de framboesa. Quando lambo a gota que escorre pela casquinha e dou uma mordida no sorvete, o meu corpo todo se dissolve. É como se eu nunca houvesse provado um sorvete ou framboesas. Frutinhas naturais foram esmagadas e misturadas ao espesso e cremoso sorvete de baunilha. A textura macia e intensa faz parecer que estamos comendo seda gelada.

— Gosta? — Enzo pergunta.

— Adoro — respondo.

Subitamente lembrando-me de minha educação, pergunto:

— Quer se sentar?

Enzo se senta. Completamente relaxado, ele se recosta na cadeira de plástico e desfruta seu *gelato*. Não consigo tirar os olhos dele. Tento, mas eles continuam voltando a ele. Enzo gira a casquinha, descrevendo um círculo, enquanto lambe o sorvete. Uma gotinha cai em seu queixo. Sua língua, como a de uma lagartixa, lança-se para fora e a recolhe. Seu pescoço moreno e de pele lisa se ondula a cada vez que ele engole.

— Meu primeiro *gelato* — digo, incapaz de pensar em algo mais inteligente.

— Minha primeira americana — rebate ele.

Fico corada. O que ele quer dizer *com isso*? Enzo sorri, e eu sorrio de volta, meu pulso acelerado. E me obrigo a não devorar o sorvete. Sem chances de eu acabar com minha casquinha primeiro. O cabelo preto e espesso de Enzo dança em torno de sua cabeça. Ele usa uma camisa polo listrada aberta no colarinho. A calça cortada e transformada em short revela pernas peludas, mas os pelos parecem tão macios que tenho vontade de deslizar a mão por suas panturrilhas. E aquele espaço entre seus dentes é quase insuportável. Eu me pergunto se dá para senti-lo durante um beijo.

— Você vai para Rocca Maggiore? — ele finalmente pergunta.

— *Sì* — respondo.

— Vai estar fechada quando você chegar lá.

— Ah — digo, mais uma vez surpresa com os estranhos horários deste país.

— Venha amanhã de manhã. Vamos juntos?

Escalar o monte Everest de novo? Acordar cedo, usar meias duplas, suar até o topo?

— Adoraria — digo.

Enzo sorri e eu despenco, indefesa, naquele glorioso espaço.

Eu queria enviar um e-mail para Jackie. Queria mesmo. Só que flutuei colina abaixo em um deslumbramento. Passei direto pela *piazza* e pelo cibercafé. Nem mesmo me lembro de ter pedalado do acampamento base até a minha torre. De alguma forma, cheguei em casa. A tempo para o almoço, é claro.

— Tomei meu primeiro *gelato* — anuncio, sonhadora.

Gianna pergunta:

— Posso fazer uma trança no seu cabelo?

Trinta e dois

Estou acordada no momento em que o sol ilumina Assis. Salto da cama, cruzo o chão de pedra e olho pela janela. É a visão mais impressionante que já tive. Exceto pelo pescoço de Enzo. A cidade inteira está cor-de-rosa. Ergo os olhos para a Pedra Maior e imagino Enzo acordando. Será que ele mora nos fundos daquela cabana? Será que a casa dele é tão alta assim na colina?

Tomo um banho e me visto rapidamente, tomo café da manhã com os De Luca e digo a Patrice que não venho almoçar em casa.

— Algo que eu deva saber? — pergunta ela, erguendo ambas as sobrancelhas.

— Ainda não — respondo, escapando pela porta.

Hoje estou usando calça capri bege, uma camiseta branca e tênis. Minhas roupas estão mais apertadas do que há uma semana, mas o dano não foi assim tão grande. Não é tarde demais para reverter o quadro. Meu cabelo está preso atrás com um prendedor de plástico, mas deixei alguns cachos caídos para dar um toque mais suave. Provavelmente vão ser fiapos de cabelo molhado quando eu chegar ao topo da escada de tijolos, mas minha última olhada no espelho não me dá náuseas. Na verdade, estou bastante bem. Em vez de simples filtro solar, passei hidratante bronzeador com SPF 15. Meus cílios estão pintados com rímel à prova d'água, e meus lábios estão cheios e convidativos a um beijo com um gloss de cereja cintilante que comprei em Santa Monica antes da viagem.

— Nada de piadas — eu me instruo em voz alta enquanto pedalo a caminho de Assis. Não vou cometer o mesmo erro que cometi com Drew. Não preciso de mais um *amigo*. É hora de deixar de ser a garota engraçada com o rosto bonitinho. Vou me reinventar. De agora em diante, sou a sedutora com o corpo violão.

O sol me faz rir enquanto prendo a bicicleta e sigo morro acima. Dias perfeitos como este em Santa Monica me deixavam maluca. Por que não podia chover? Por que todo mundo estava sempre usando camisetas sem manga? Aqui, na linda Assis, o sol é um abraço amoroso. Aqui, a luz do sol é útil para cultivar flores, uvas, oliveiras — não só para exibir bíceps malhados e bronzeados com spray.

Agora que o caminho é familiar, não levo tanto tempo para chegar à escada. Ainda assim, estou arfando quando chego lá. Na base, paro para recuperar o fôlego e reaplicar o gloss. Então, dou meu primeiro passo na direção do destino. Desde o primeiro momento em que olhei nos olhos de Enzo, meus movimentos estavam voltados para esse momento. Eu não sabia, mas era assim.

— Ayley!

— Entzo!

Ele me beija nas duas bochechas e eu inspiro seu cheiro almiscarado. É como uma caminhada pela floresta.

— *Come va?* — pergunto com minha voz mais sedutora, tão encantadoramente quanto um "Como você está?" pode ser.

— Venha conhecer minha *mamma* — responde ele.

Mãe? Ainda nem tivemos um encontro e já estou conhecendo os pais dele? Meu coração imediatamente dá um salto.

A mãe de Enzo é a mulher que vi ontem atrás do balcão. Ela parece mais velha do que a minha mãe, mas talvez seja o vestido com cinto e a meia-calça. Ou o cabelo grisalho e os sapatos pretos sem salto. Enzo fala com ela em italiano, e ela me abraça e lança uma torrente de palavras que não compreendo. Então estende o braço atrás do balcão e apresenta uma cesta de piquenique.

— *Il pranzo* — diz ela. Uma expressão que já conheço muito bem. O almoço!

Enzo segura a cesta com uma das mãos e o meu braço com a outra. Seu toque envia faíscas pelo meu corpo.

— *Ciao, mamma* — diz Enzo.

— *Ciao* — digo também.

Então saímos pela porta e começamos a subida.

— Tive medo de você não vir — diz Enzo, tímido.

— Eu estava passando aqui por perto — digo, espirituosa. Enzo ri, e eu estremeço. *Nada de piadas!*

— Estou feliz em estar aqui — digo, corrigindo meu comentário. Baixando a voz uma oitava, acrescento: — ...com você.

— Estou contente em estar com você também — ele replica, e meus joelhos se transformam em *gelato*.

Rocca Maggiore é um antigo castelo cor de areia que se ergue contra o céu azul-cobalto acima de Assis. Como as outras construções medievais que vi, ela parece sair de dentro da terra. Há poucos turistas nessa altura. A maioria para na Igreja de São Francisco ou na *piazza*. Estou muito feliz de finalmente ter conseguido. A vista é espetacular. Estendendo-se na distância abaixo — como uma colcha verde e macia — está o vale do Tibre inteiro.

— Meu país — diz Enzo, com orgulho.

Apesar do meu protesto, Enzo paga pelos nossos ingressos, e eu entro na fortaleza escura e fria. Como se ainda não tivesse subido o suficiente, temos duas soberbas torres para subir. A mais alta só se alcança por uma passagem assustadora e uma escada estreita e escura.

— Vamos subir — diz Enzo, agarrando a cesta do almoço com uma das mãos e a balaustrada com a outra.

Eles nos dão lanternas, que eu seguro e aponto, mas elas tornam a subida ainda mais fantasmagórica à medida que nossas sombras dançam ao longo das paredes de pedra. O lugar cheira a lama. Além disso, é impossível não se sentir totalmente claustrofóbico. Mas eu não vou amarelar de jeito nenhum. Não depois de chegar até aqui.

Assim que alcançamos o alto e estamos ao ar livre outra vez, fica claro que valeu a pena. O sol brilha, mas o ar é fresco. Estamos sozinhos no topo do mundo. Incrivelmente, eu me sinto calma. Minha mãe ficaria uma fera comigo se soubesse que estou sozinha com um garoto que não conheço.

Principalmente a essa altura. Duvido que fizesse isso em Los Angeles. Já vi episódios de *Forensic Files*. Sei as coisas loucas que as pessoas podem fazer com as outras. Mas, com Enzo, não sinto a menor vibração de perigo. Deve ser a Itália. Ou talvez seja o fato de eu não estar assistindo a *Forensic Files* ultimamente. A ideia de que todo mundo é um serial killer em potencial desbotou no sol italiano.

— Onde você aprendeu inglês? — pergunto a ele.

— Escola. Turistas. Filmes americanos. Quero falar melhor.

Pela zilionésima vez desde que cheguei à Itália, me surpreendo com outra diferença entre nossos países. Se alguém me abordasse na Santa Monica Promenade e perguntasse: "Você fala italiano?", eu riria. Talvez seja por isso que o mundo nos odeia. Achamos que somos *isso* tudo. Como se o mundo todo devesse falar nossa língua, apesar de não falarmos a deles.

— Lamento não falar italiano — digo. — Queria saber.

— Tudo bem — diz ele, sorrindo. — Eu entendo.

Eu rio.

— Seus filmes americanos são hip-hop?

Ele canta "It's hard out there for a pimp", do filme *Ritmo de um sonho*. Rio outra vez. Estátua da Liberdade, Monica Lewinsky, Big Macs e cafetões. Decididamente, precisamos de relações-públicas melhores.

Os olhos turquesa de Enzo cintilam. Os cílios negros quase se enroscam. Engulo em seco.

— Seus pais são os donos do café? — pergunto, tomando cuidado para não chamar o negócio de sua família de "cabana".

— Só minha mãe. Meu pai morreu.

— Sinto muito.

— Ele ficou doente durante muito tempo — conta Enzo.
— Morreu faz anos. Fiquei triste por muito tempo. Agora,
é o normal para mim.

— São só você e sua mãe?

— Meu irmão mais velho está na universidade em Perugia.
Minha mãe e eu cuidamos do café.

— Ela vai ficar bem hoje sozinha? — pergunto.

Enzo faz que sim com a cabeça.

— Quando saio, nossos vizinhos ajudam se chegar muita
gente.

Outra diferença entre nossos países. Ou talvez sejam
apenas minha família e o sul da Califórnia. A única ocasião
em que vejo meus vizinhos é na caixa de correio, e em geral
eles me cumprimentam desconfiados, como se eu os estivesse
espionando para acabar com seu benéfico contrato de aluguel.
Ou talvez, penso de repente, o problema seja *eu*. Será que sou
tão fechada que meus vizinhos não querem nem me falar oi?

— Qual é o seu normal? — pergunta Enzo, trazendo-me
de volta ao presente.

Rindo, digo:

— Não tenho um normal. Tenho dois pais malucos e um
irmão menor estranho. — Então me detenho e me repreendo
por criticar meus pais quando Enzo nem tem pai.

Ele me salva, dizendo:

— Meu irmão também é maluco, e minha mãe às vezes
é estranha.

Rimos juntos. É fácil conversar com Enzo, embora seu
inglês seja irregular e meu italiano, inexistente. O tempo na
Itália corre de forma diferente do americano. É mais lento. No
entanto, as horas parecem passar rápido. Enzo e eu sentamos

juntos no topo da torre — sem falar muito, mas sentindo tudo — até nos expulsarem de lá para o intervalo do almoço.

— Vamos almoçar na montanha — ele sugere.

Fora do castelo, tem um banco de pedra que dá vista para o vale. Juntos, sentamos, abrimos a cesta de piquenique e tiramos o banquete úmbrio que sua mãe preparou. Alcachofras no azeite de oliva, *prosciutto*, pêssegos, queijo parmesão picante e Coca-Cola. Fico feliz que não tenha vinho. Embora eu beba um pouquinho com os De Luca, não estou pronta para fazer isso sozinha. Principalmente quando "sozinha" significa que os lábios de Enzo estão a apenas meio metro de distância. Não quero fazer nada estúpido, como me lançar sobre ele cedo demais. Prefiro recebê-lo graciosamente quando ele se atirar sobre mim.

Com mordidas pequenas, eu como, saboreando. Procuro encarnar as gêmeas Olsen. Experimento cada um dos sabores deliciosos.

— Sua família é rica? — pergunta Enzo.

— Não.

— Minha família é pobre em euros, mas rica em amor.

— A minha é pobre em dólares, mas rica em cupons de Happy Meal. Pelo menos éramos antes de mamãe descobrir o tofu.

— Tofu?

— Não pergunte.

— Os americanos dizem que são pobres quando têm tudo — afirma ele. — Os italianos só são pobres quando não têm nada.

As palavras de Enzo me fazem parar e pensar. Minha família tem três carros. Quinn tem o videogame mais moderno, eu tenho um iPod novo, moramos perto da praia, meu irmão e eu temos cada um o seu quarto, meus pais pagaram minha viagem para a Itália. Enzo me conta que mora com a mãe nos fundos do café minúsculo. Eles não têm carro ou computador. Nunca saíram da Itália.

— Acho que sou uma americana rica — digo.

Mordendo o pêssego doce e suculento que a mãe embalou, Enzo diz:

— Eu também sou um italiano rico.

Não faço ideia de que horas são. Comemos e conversamos durante horas. O sol começa a perder o brilho. O *riposo* deve acabar logo. Não quero que este dia — ou este encontro — termine.

— Posso levar você para um passeio de Vespa um dia desses? — pergunta Enzo.

— Vespa? — pergunto de volta.

— Uma moto pequena.

— Pequena como? — pergunto. — Tenho um traseiro do tamanho de uma Harley Davidson.

Sua idiota!, grito dentro da minha cabeça. *Nada de piadas!*

Rindo, Enzo diz:

— Você é engraçada. — E meu coração esmorece. Lá vamos nós outra vez. Como é que pude escorregar de volta ao meu velho jeito de ser?!

Levantando a mão e correndo um dedo pela minha bochecha quente, Enzo diz baixinho:

— Você tem um corpo bonito.

Meus olhos instantaneamente se enchem de lágrimas.

— Desculpe — diz ele. — Eu disse alguma coisa errada?

Balanço a cabeça negativamente. Pela primeira vez, as palavras de um garoto são exatamente o que eu queria ouvir.

Trinta e três

Enzo não tem computador; eu não tenho telefone.

— Não se preocupe — disse ele ao me beijar os dois lados do rosto. — Eu encontro você.

Essas são as três palavras mais românticas que já ouvi.

Na manhã seguinte ao nosso almoço na Pedra Maior, eu não conseguia parar de sorrir. Convidei Gianna para o meu quarto e ouvi a tagarelice dela durante horas. No segundo e no terceiro dias, perambulei pelas ruas de Assis esperando encontrá-lo. Depois do almoço com os De Luca, sonhava acordada com ele enquanto regava as berinjelas que cresciam na horta. No quarto dia, comecei a considerar subir novamente a escada até o café. Mas resolvi esperar mais um dia. Então outro. Depois mais dois. Não havia necessidade de ser tão oferecida. Ainda não. Depois de passada uma semana, eu não conseguia pensar em outra coisa que não fosse salame e em como seria gostoso uma pilha bem grande de fatias num pão com queijo.

O que há de errado comigo? Por que ninguém me quer?

— Venha para Bastia Umbra comigo e com as crianças — Patrice convida esta manhã. Estou sentada na cozinha, girando uma colherzinha repetidamente em meu espresso.

— É uma cidadezinha comum — diz ela —, mas preciso fazer umas compras.

— Está bem — digo.

Por que não? O que mais eu tenho para fazer? Enzo me esqueceu. Jackie provavelmente está na praia com Drew. O mundo todo tem seu par, menos eu. Uma arca de Noé gigante, com uma única garota — a garota do rostinho bonito — debatendo-se na água sozinha.

— Posso comprar uma sandália plataforma, *mamma*? — Gianna pede, ao meu lado no banco traseiro.

— Não — diz Patrice, enquanto percorremos o caminho de cascalho até a entrada.

O portão se abre lentamente, e Patrice passa por ele.

— Quem é aquele? — pergunta Taddeo.

Levanto a cabeça. Ali, com um capacete grande e redondo, em uma pequena Vespa vermelha, está Enzo. Ele acena e diz:

— Meu amigo, Stefano, me disse que tem uma garota americana aqui. Espero que seja você.

— É, sim! — diz Gianna com um gritinho.

— Podemos dar uma volta? — ele me pergunta.

Percebo os olhos semicerrados de Patrice no retrovisor.

— Esse é o meu amigo Enzo — digo a ela. — Enzo, esta é a família com quem estou morando neste verão. Patrice, Gianna e Taddeo.

Gianna dá uma risadinha. Taddeo diz algo em italiano, e Patrice me surpreende ao perguntar a Enzo:

— Você é filho de Carmina, não é?

— Conhece minha *mamma*?

— Nós nos conhecemos ano passado na festa de Santa Clara. Você também estava lá.

— Ah, *sì. Signora* De Luca!

— *Sì.*

Com a boca aberta, assisto a Patrice e Enzo se reconhecerem. Gianna sussurra *"Che bello!"* em meu ouvido, o que tenho quase certeza que significa "Que gatinho!". Mesmo de capacete, é fácil ver que Enzo é lindo. Infelizmente, nada nem mesmo perto disso me descreve hoje. Meu cabelo está crespo, meu filtro solar, melado, e meu gloss de cereja está no alto da escada em espiral, no meu banheiro. Por que, entre todos os dias, justamente hoje?

Por fim, Patrice diz:

— Dê lembranças minhas à sua *mamma*, Enzo. E cuide bem da nossa garota.

Levo um momento para perceber que ela está falando de mim. Finalmente, Patrice se vira e pergunta:

— Vai ficar sentada aí, Hayley?

— Ah!

Com a graça de um rinoceronte se levantando de uma poça de lama, saio do banco traseiro. Casualmente aliso o cabelo, mas é uma causa perdida. Felizmente, Enzo me entrega um capacete.

— Divirtam-se — grita Patrice ao se afastar.

Ali de pé com Enzo, parecendo uma lâmpada com o capacete branco, tento uma postura casual.

— Que bom ver você — digo. Até eu posso perceber a mágoa em minha voz.

Enzo não oferece nenhuma explicação. Não que devesse. Ele disse que daríamos uma volta "um dia". Como ele poderia saber que minha tradução era "amanhã" enquanto a dele era "em uma semana"? Até na Itália, o tempo dos garotos é diferente do das garotas!

— Minha Harley Davidson — diz Enzo, sorrindo, dando um tapinha no microscópico pedaço de assento na traseira de sua Vespa. Uma imagem de mim mesma escorregando no primeiro solavanco atravessa minha mente. Será que ele vai perceber que caí? Será que vou acabar sendo atropelada?

— Ótimo! — digo alto demais.

— Eu vou devagar — afirma Enzo. Com isso, eu subo, me seguro e partimos.

A Úmbria alcança o auge da sua beleza, eu descubro, quando o vento quente acaricia o seu rosto. Enzo rapidamente deixa a estrada principal e seguimos por vielas estreitas, passando por cães latindo e campos pontilhados de flores. O ar cheira a cebolas silvestres. Meus braços apertam a cintura estreita de Enzo; minhas coxas pressionam as dele. Fechando os olhos, descanso a bochecha em suas costas e inspiro seu cheiro incrível.

Seguimos para sempre, parece. Subindo até o pé das colinas, passando por vinhedos. Mas estou no tempo italiano. Não tenho a menor ideia se transcorreram horas ou minutos. Só sei que não quero parar.

Depois de atravessar vários pequenos vilarejos e passar debaixo de velhas cidades incrustadas nas montanhas, Enzo desacelera e para no pé de uma grande colina que se inclina suavemente, coberta de grama. Além dela, a distância, vê-se uma velha ponte em arco.

— Ponte delle Torri — diz ele. — Ponte das Torres. Vamos atravessá-la. É muito bonito.

— Atravessar? — pergunto, engolindo em seco. A ponte esquelética parece se erguer a mais de 50 metros no ar, por uma extensão três vezes maior. Ela transpõe uma garganta profunda entre duas velhas cidades.

— Você vai gostar.

— Promete?

Acelerando a Vespa, Enzo parte na direção da cidade na colina à frente, enquanto eu me seguro — me *agarro*, como se disso dependesse a minha vida — à medida que a inclinação fica mais íngreme.

Estamos em Spoleto, ele logo me diz, que me lembra muito Assis. Não é tão bonita, mas ainda é um impressionante agrupamento medieval de construções de pedra engastadas no morro. Tem uma igreja principal (é claro) e uma praça (é claro). Enquanto subimos lentamente com a Vespa, sinto falta da visão dos monges franciscanos perambulando pela *piazza*. A população de Spoleto parece mais jovem, antenada. Até as turistas usam sandálias de salto alto.

Quando finalmente chegamos ao topo da cidade, Enzo estaciona a Vespa atrás de uma gigantesca fortaleza cinzenta.

— A Alcatraz italiana — informa ele.

— É uma prisão? — pergunto.

— Já foi. Não mais. Como Alcatraz.

O forte cercado de muralhas é ladeado por duas torres altas. Razão por que a ponte, diretamente atrás dela, ganhou seu nome.

Antes de tirar o capacete, rezo silenciosamente a São Francisco: "Se puder fazer alguma coisa em relação a cabelos em capacetes, eu ficaria muito agradecida." Mas duvido que isso funcione. Para começar, ele dificilmente seria o santo padroeiro dos Dias Felizes do Cabelo com aquela brilhante bola de sinuca no alto da cabeça. E, pelo que posso concluir, ele era conhecido por ser completamente desprovido de vaidade. Ele nunca faria implante capilar ou usaria aquele spray preto que já vi na TV e que "pinta" a careca.

— Venha, Ayley.

Enzo já está caminhando na direção da ponte. Seu cabelo — assim como tudo o mais nele — está lindo. O meu é uma massa achatada de células mortas. Engolindo isso, e contraindo tudo que se move em meu corpo, alcanço meu belo guia turístico numa extremidade da ponte mais esplêndida que já vi. Marrom-dourado, com arcos altos sob a antiga passagem que a fazem parecer delicada. Mas, como explica Enzo, está ali desde a Idade do Bronze.

Juntos, nós a atravessamos. Bem acima da floresta lá embaixo.

— Como é viver em um país tão cheio de História? — pergunto.

— Triste — responde ele. — O mundo inteiro vem visitar, mas ninguém fica.

Trinta e quatro

Estou totalmente perdida. Não tenho a menor pista. Cada vez que vejo Enzo, fervo por dentro como o sol dançando no oceano. Penso obsessivamente nele quando não estou com ele, não consigo tirar os olhos dele quando estamos juntos. Isso é amor? Desejo? Algum truque que o oxigênio italiano está fazendo com o meu corpo?

Tem uma pessoa que pode me aconselhar. No momento em que me conecto, ela já está lá.

"ONDE VC ESTAVA?????"

Suspiro. Meus dedos descansam sobre o teclado. O que posso dizer? A verdade? Que o fato de Drew ter usado a palavra "nós" me fez entrar em parafuso? Que desmoronei e queimei até Enzo extinguir aquele fogo e acender outro?

"Viagem de família", minto. "Sem transmissão digital de dados."

"Jura?", Jackie não se convence facilmente.

"*Sì.*"

Não tenho certeza, mas não creio que seja uma mentira de verdade se for dita em língua estrangeira.

Jackie a engole.

"GRAÇAS A DEUS!", ela digita. "Pensei q estivesse c/ raiva de mim."

"Raiva? De vc?"

"Drew."

Infelizmente, não sei italiano suficiente para continuar mentindo. Talvez seja melhor tentar a verdade.

"Fiquei c/ ciúme. Td bem agora."

"Jura?"

"Juro."

"Não é nd sério", escreve Jackie. "Só estamos saindo juntos."

"D sabe disso?"

"*Sì.*"

Será que Jackie está familiarizada com a cláusula da língua estrangeira em nossa política de honestidade? Deixo para lá. Tenho outras questões mais urgentes.

"Estou apaixonada", digito. "Acho."

"AAAAAHHHHHHH!!!"

Meus dedos voam enquanto conto a ela sobre Enzo. A cabana. Seus olhos. Sua *mamma*, seu cheiro, seu sotaque. Por fim, termino com nossa caminhada sobre a Ponte das Torres, e a volta. Ficamos de mãos dadas, sem dizer nada, deixando a beleza à nossa volta encher nossos corações.

"Isso é amor, não é?", pergunto.

"Ou um filme bobo de mulherzinha", ela responde.

Rindo, digito:

"O q q eu faço agora?????"

Jackie digita quatro palavras, todas em maiúsculas.

"NÃO PROCURE POR ELE." Explicando seu conselho implacável, ela acrescenta: "Todos os garotos gostam da caça. Deixe q Romeu venha até vc."

Trinta e cinco

— Lorenzo!

A mãe de Enzo grita para o quarto nos fundos do café. Meu coração está disparado. Não só pela subida. Uma semana se passou desde que atravessamos a Ponte das Torres de mãos dadas. Uma semana! Quanto tempo Jackie espera que eu fique deitada na minha cama ouvindo pássaros estúpidos? O verão está se esvaindo!

— Ayley!

Enzo surge pela porta de vaivém todo sorrisos. Ele me beija os dois lados do rosto e pergunta:

— Como você está?

Como eu estou?, eu quase berro. Estou desesperada, uma garota americana apaixonada por um garoto italiano que se recusa a ir atrás dela, independentemente do quanto ela finja ser difícil.

— Bem — digo eu. — E você?

— *Bene* — responde ele, o que não é o que quero ouvir. Vinha esperando que ele tivesse sofrido um acidente com a Vespa. Nada grave. Só o suficiente para deixá-lo no hospital por uma semana. Para observação apenas. Longe dos amigos e da família, e de qualquer um que pudesse me levar uma mensagem.

Agora que estou aqui de pé, com uma camiseta decotada (sugestão de Jackie) e blush cor de pêssego para suavizar minhas bochechas claras (é, Jackie outra vez), sinto-me como uma idiota. Os clientes estão nas mesas, ele está ocupado. Pateticamente, eu só havia imaginado a situação até o momento em que a mãe de Enzo me dava o endereço do hospital onde o filho estava chamando por mim.

— *Gelato?* — pergunta Enzo.

Engulo um gemido. A situação é pior do que eu pensava. Minha posição despencou de potencial objeto sexual para cliente em potencial. Jackie tinha razão. Não importa quanto tempo levasse, eu deveria ter esperado. Nem mesmo um cachorro tem vontade de brincar com um mordedor se você não o sacudir fora de seu alcance! No momento em que Enzo viu que eu estava no papo, resolveu que era melhor me servir do que me namorar. Quando é que eu vou aprender? Por que todo mundo sabe como ser uma namorada enquanto eu só sei ser amiga?

Ansiosa em livrar minha cara cor de pêssego, busco em minha mente alguma razão para estar aqui. Outra que não seja me atirar em cima de Enzo.

— O lago — falo sem pensar. — Quer ir comigo amanhã?

— O lago Trasimeno?

— *Sì.*

O rosto de Enzo se ilumina. Ele diz alguma coisa à mãe em italiano, então se volta para mim e faz que sim com a cabeça, feliz.

— Ótimo — digo. — Por acaso você sabe como chegar lá? Sabe dirigir?

Um lago? O que eu estou pensando? Não aprendi minha lição na praia com Drew? Eu não só sou alérgica a maiôs e biquínis, como minha pele branca vai ressecar sob o sol da Úmbria. Na verdade, já gastei um tubo inteiro de filtro solar neste verão. Não que isso tenha evitado o festival de sardas no meu rosto. Será que existem cabanas em volta do lago? Um barco emborcado? Areia suficiente para me enterrar?

— Vamos na minha Vespa — Enzo oferece afavelmente.

— Eu preparo o lanche — digo.

Então, tentando seguir os conselhos de Jackie, jogo meu cabelo sedutoramente, giro nos calcanhares e começo a descer a colina.

— Pegue-me se puder — murmuro baixinho, tentando soar sexy. Antes tarde do que nunca. Certo?

Durante toda a descida, fico me odiando por sugerir um lugar tão estúpido. Não se cresce perto da praia de *SOS Malibu* e se assiste a todos os episódios de *Survivor* sem aprender que acúmulos naturais de água requerem o desnudamento de quantidades antinaturais de pele. Embora eu me sinta melhor em relação às minhas curvas, menos de um metro de tecido esticado sobre meus peitos e meu traseiro poderia facilmente me tirar da trilha. Eu nem trouxe maiô para a Itália. Por que sofrer humilhação em *dois* países?

— *A domani!* — grita Enzo para mim.

Vejo você amanhã.

Engulo em seco. Quanto de mim ele esperava ver?

Trinta e seis

A estrada que leva ao lago Trasimeno serpenteia em torno de campos verdes onde se alastram flores amarelas. Estou usando bermuda e camiseta. Um chapéu de aba larga encontra-se espremido em minha mochila junto com nosso almoço. A Vespa sacoleja pela estrada, levantando nuvens de poeira em torno de nossos tornozelos. Ocasionalmente, Enzo pega uma rua pavimentada e passamos por casas de fazenda feitas de pedra que parecem castelos de areia cor-de-rosa.

Mais um dia perfeito. Exceto pelo pavor que cresce em minhas entranhas como um nhoque gigante. O que eu vou dizer quando Enzo ficar de sunga e eu simplesmente tirar as sandálias de dedo? Ele não vai esperar que eu nade de sutiã e calcinha, vai? Ele não está usando uma daquelas sungas minúsculas, está?

Por fim, resolvo enfrentar o problema enquanto ainda estamos na estrada. Antes que o nhoque aumente e eu vomite.

— Não sei nadar — digo em voz alta no capacete que cobre a orelha de Enzo. Não é verdade, é claro, mas meu cérebro estressado não consegue pensar em nada menos embaraçoso para explicar por que ele vai tirar a roupa e eu não.

Enzo dá de ombros e grita de volta:

— Eu não sei dançar.

Ambos rimos.

Enroscada em suas lindas costas, sentindo a ondulação de suas costelas debaixo da camisa e o cheiro de melancia no cabelo recém-lavado que escapa sob o capacete, sorrio. Sim, isso *é* amor.

Passada uma hora, alguns minutos, meio dia — quem poderá dizer no tempo italiano? —, começamos a subir uma montanha. As árvores ficam mais verdes e o ar, mais frio. Finalmente, passamos por uma cidade chamada Borghetto e lá está ele. O maravilhoso lago cintila a distância. Está bem abaixo de nós. Minúsculas ilhas flutuam nele como cachos de flores de brócolis. Dois pequenos barcos de pesca estão ancorados ao largo. A água é cinza-azulada, a margem parece orlada de árvores. Ali de cima, na montanha, não dá para ver nenhuma areia.

Enzo para a Vespa e desliga o motor.

— Por que estamos parando? — pergunto.

— Chegamos — diz ele.

Confusa, salto enquanto Enzo desliza a Vespa até uma pequena clareira na borda da colina. Ele guarda os dois capacetes ali também e pega minha mão. Juntos, descemos por uma estreita e serpenteante passagem de terra batida. É silencioso e pitoresco. Inspiro o aroma adocicado de baunilha das flores e o cheiro amadeirado de terra úmida. Quanto mais descemos a colina, mais alta fica a grama. Quando Enzo para, estamos sozinhos na encosta de um morro, perto de uma oliveira velha e nodosa, oculta de todos. O lago Trasimeno se estende por quilômetros lá embaixo.

— Meu lugar favorito em toda a Itália — diz Enzo suavemente. — Estou feliz em partilhá-lo com você.

Enzo aplana a grama alta em um círculo e nos sentamos em nosso terraço particular com uma vista esplêndida.

De repente, meu coração está batendo tão forte que o ouço em meus ouvidos.

— Está com fome? — pergunta Enzo.

Certo, como se eu conseguisse comer.

— Com certeza — digo, minha voz parecendo o grito de uma ave.

Tentando relaxar, tiro as sandálias e corro os dedos dos pés pela grama amassada e macia. Um por um, tiro os itens embrulhados de nosso almoço. Um pedaço de queijo parmesão, dois pêssegos maduros, pão com *prosciutto*. Tudo que eu espero que ele goste. Enzo pega uma garrafa de água e a abre, oferecendo-me o primeiro gole. Surpreendentemente, a água ainda está fria. Deixo meus olhos se fecharem enquanto sinto a água fresca descer pela garganta, o esôfago, o estômago. Quando abro os olhos, Enzo está tão perto de mim que posso sentir o calor de seu corpo.

— *Mia americana* — diz ele, quase num sussurro.

Meu coração para. Uma gota de água escapa da minha boca e corre lentamente pelo meu queixo. Enzo se inclina e a recolhe com a língua. Cada terminação nervosa no meu corpo vai à loucura. Meus sentidos põem-se todos em alerta. Tenho a sensação de que posso ver através de paredes, ouvir através de montanhas. Com um movimento do braço, Enzo empurra nosso almoço para um lado e me faz deitar na grama. Delicadamente, ele beija meu queixo, meu rosto, meus cílios. Quando afasta o rosto, fito olhos tão profundos e azuis quanto o lago Trasimeno.

— *Bella faccia* — ele murmura.

Eu me dissolvo na grama debaixo de mim. Quando Enzo diz que tenho um rosto bonito, eu me sinto *bonita*.

Minha mão se ergue para tocar-lhe o rosto, o cabelo. Então puxo Enzo para os meus lábios. Esse beijo vai valer, digo para mim mesma, lembrando o beijo na festa do pijama que não valeu. Nunca me senti mais desperta. Com um movimento da língua, separo seus lábios. Convido-o a entrar na minha boca e a exploramos juntos. Seu beijo é tão cheio de paixão que a temperatura de nossos corpos vai às alturas. Posso sentir o calor de Enzo passando para o meu peito.

De repente, ele se afasta e diz:

— Não consigo olhar para você sem pensar que logo vai embora.

— Feche os olhos — digo. E o beijo novamente. O espaço entre seus dentes enche meu coração de desejo.

Com o sol acima de nossas cabeças, o lago lá embaixo, no pé do morro, o cheiro de *prosciutto* e parmesão levantando-se do lanche que agora se espalha pelo nosso lugar particular, tenho a sensação de que minha vida toda tinha como objetivo este momento. As mãos de Enzo tocam minha pele por baixo da camiseta; as minhas também procuram a pele dele por baixo da camiseta. Sua pele é tão quente e macia quanto areia da praia. Surpreendentemente, não me sinto constrangida. Não fico encolhendo a barriga ou obcecada com o meu bumbum. Tudo parece absolutamente certo.

— Eu nunca fiz isso antes — sussurro, sabendo para onde estamos indo.

— Nem eu — diz ele.

Seu coração bate tão forte quanto o meu.

— Estou com medo — admito.

— Eu também. Estamos com medo juntos, não é?

Eu o beijo outra vez. Ele aperta seu coração contra o meu.

— Você tem uma camisinha? — pergunto.

— Camisinha?

— Proteção.

— Não — diz ele. — Você?

— Não.

Ambos gememos.

— Eu tomo cuidado — diz ele, descendo os dedos delicadamente pela minha barriga.

— Eu também quero — digo. — Mas não. Não sem proteção.

Enzo torna a gemer, deixa-se cair na grama e murmura palavras em italiano. Por sua expressão aflita, pressinto que se trata de algo como: "Por que comigo?!"

Antes que as coisas esquentem de novo e corram o risco de ultrapassar o ponto de retorno, eu me sento e digo:

— Tenho uma ideia.

Enzo levanta os olhos que fitavam a grama.

— Esta noite — digo —, me encontre no portão.

Ele sorri e eu mergulho novamente naqueles olhos azuis.

— Esta noite — diz ele. — Vou levar a camisinha.

Trinta e sete

Não posso acreditar que eu esteja fazendo isso. O que é que estou fazendo!? Meu cérebro dispara um zilhão de pensamentos ao mesmo tempo. Deixar que Enzo entre furtivamente em meu quarto? Será que deveria contar a Patrice? E se ela disser não? É claro que ela vai dizer não! Meus pais não mandaram a filha para a Itália para ela perder a virgindade! E, no entanto, o que poderia ser mais perfeito? Enzo faz com que eu me sinta bonita. Normal. Meu corpo é cheio de curvas, não gordo. Meu "rostinho bonito" é um elogio ao invés de um insulto velado. Estou apaixonada. Ele também parece estar. Não é exatamente assim que a sua primeira vez — aliás todas as vezes — deveria ser?

No meu quarto, de volta do lago, preparo tudo. Troco os lençóis, tomo banho, varro o piso de pedra. No jantar, tagarelo sobre o lindo lago e como pouco. Nada de alho!

— Enzo é o seu namorado? — pergunta Gianna.

— Não — digo.

— Gosto dele — diz Patrice. — Ele ajuda a mãe.

— Gosto dele também — digo.

Depois do jantar e da louça, digo aos De Luca que estou cansada e que os vejo de manhã. Então, subo para o meu quarto e vejo Assis mudar de cor à luz que desaparece. Quando escurece, meu cérebro já fritou tanto que agora zumbe tranquilamente. Não estou tão nervosa quanto pensei que estaria. Sinto-me excitada. Pronta.

O ruído das minhas sandálias no caminho me faz estremecer. Ando na ponta dos pés até o portão. Enzo já está lá.

— Tive medo de você mudar de ideia — diz ele.

Sorrio.

— Sem chance.

Graças a Deus, o portão se abre silenciosamente. Enzo entra e toma meu rosto em suas mãos. Ele me beija com força e sussurra palavras em italiano em meu ouvido.

— *Sì, sì* — digo, embora não tenha a menor ideia do que ele está falando.

Segurando sua mão, eu o conduzo pelo caminho até a minha torre. Ele arqueja diante da visão da formidável casa dos De Luca. Leva a mão ao coração quando lhe mostro La Torre. Devagar, subimos a escada em espiral. Nossos sapatos batem de leve nos degraus de metal. No topo, à luz da lua, Enzo me beija outra vez.

— Não consigo evitar — diz ele. E eu não consigo parar de sorrir.

Lá dentro, escoro a porta com uma cadeira. Por segurança. A porta não tem trinco. Eu odiaria se Gianna resolvesse ter uma conversa tarde da noite com sua "irmã" americana. Antes que eu possa fazer meia-volta, Enzo para atrás de mim. Ele pressiona o corpo contra o meu e beija minha nuca. Eu me entrego à sensação, *sinto*-o me tocar.

— *Te adoro* — diz ele suavemente.

O falcão do lado de fora da minha janela grita. Enzo se detém.

— Ouça — diz ele. O falcão lamenta outra vez. Um grito alto, estridente. — Sente a solidão? Ele está chamando sua companheira.

Ficamos parados em silêncio por um momento, ouvindo, até que algo mágico acontece. Pela primeira vez, ouço outro falcão responder. É um grito agudo também, mas é claramente diferente.

Enzo me faz ficar de frente para ele e diz:

— Finalmente se encontraram.

Meu corpo inteiro se dissolve no beijo profundo de Enzo. Ele levanta minha camiseta acima da cabeça e eu desabotoo a camisa dele. A camiseta se prende em meu nariz, seus botões são impossivelmente pequenos. Estamos tremendo, os dois. Por fim, ambos de peito nu, eu beijo seu peito moreno e suave. Ele se inclina para me beijar as costas. Calafrios percorrem todo o meu corpo.

— Ayley — sussurra ele.

— Enzo — sussurro de volta.

Numa desajeitada dança do amor, acabamos nus nos braços um do outro, na minha cama. Enzo se atrapalha com a camisinha; eu tento acalmar meu coração que bate enlouquecido. Freneticamente, tento me lembrar das aulas de Saúde. Será que aprendi exatamente o que devo *fazer*? Não que eu consiga me mover. Enzo beija outra vez os meus lábios. Imediatamente eu me fundo com seu corpo quente e sinto que estou me soltando. A camisinha no lugar, nos entregamos um ao outro pela primeira vez. É desajeitado, sensual, constrangedor, doloroso por um segundo, e absolutamente *certo*. Enzo é o garoto por que esperei a vida toda.

Trinta e oito

— Você parece diferente — diz Patrice, olhando para mim no dia seguinte, no café da manhã.

Enzo foi embora depois da meia-noite. Ele sabia que a mãe se preocuparia se ficasse fora mais tempo. Pela janela aberta, ouvi o débil ruído de sua Vespa na estrada. Durante muito tempo, fiquei olhando a colina de Assis, lindamente iluminada, imaginando sua subida. Será que ele já passou a *piazza*? Já está subindo a escada? Onde ele estaciona a Vespa? Será que no alto daquela enorme escadaria?

— Eu estou diferente — digo, encontrando o olhar de Patrice. — A Itália finalmente entrou na minha alma.

Ela segura o meu queixo.

— Se a Itália entrar em algum outro lugar — diz ela baixinho —, não se esqueça de tomar cuidado.

Faço que sim com a cabeça. Mais uma vez me pergunto como essa mulher totalmente antenada pode ter sido amiga da minha mãe.

Enzo tem de trabalhar hoje, portanto saio cedo para subir a colina e ajudá-lo. Sua mãe me beija o rosto quando me vê. Enzo lhe diz que tire o dia de folga.

— Ayley está aqui para me ajudar — diz ele.

— *Grazie mille* — ela me diz, os olhos enchendo-se de lágrimas. Nesse momento percebo o quanto tem sido difícil para ela. Criar dois filhos sozinha. Cuidar de um negócio tendo tão pouco tempo de folga.

— *Prego* — respondo, feliz em ajudar.

Enzo e eu observamos sua mãe descer a escada em direção à cidade. Momentos depois, um grande grupo de turistas sobe. Arfando como em minha primeira jornada ao café, eles cambaleiam até as mesas. Faço a pergunta óbvia:

— *Gelato?*

Ficamos ocupados o dia todo. É divertido. Enzo afaga meu pescoço quando não tem ninguém olhando. Eu converso com os americanos e britânicos; ele conversa com os italianos e espanhóis. Juntos, fazemos o máximo para nos comunicar com os franceses. São as Nações Unidas no café. Deve ser a estação dos turistas, rio comigo mesma. No fim do dia, Enzo e eu estamos cansados. Exultantes, porém exaustos.

— Vamos jantar aqui em Assis — sugere ele.

— Legal — digo, e ligo para Patrice para avisar que não vou chegar em casa antes de anoitecer.

— Preciso me preocupar? — ela me pergunta.

— Não — respondo. E estou sendo sincera. Nunca me senti mais segura em minha vida.

Assim que o sol se põe, a mãe de Enzo retorna. Já lavamos as mesas e cadeiras do lado de fora, varremos o chão dentro do café e limpamos o balcão. Ela fica impressionada ao ver como tudo correu bem e insiste para que aproveitemos a noite na cidade. Escovo o cabelo, reaplico o gloss e seguro a mão de Enzo enquanto descemos para a cidade. No meio da escada, sob a única lâmpada que ilumina os degraus à noite, ele me envolve com ambos os braços e me beija com força.

— Esperei o dia todo para fazer isso — diz ele.

Rimos, e nos beijamos mais uma vez. Então descemos o restante da escada para desfrutar a noite em um típico encontro italiano.

— Enzo!

— Stefano!

— Florencia!

— Cesare!

— Lucia!

Não demora muito e Enzo encontra um grupo de amigos. Ele me apresenta e, antes que eu me dê conta, estamos todos sentados em uma *trattoria,* sob o luar, comendo massa e bebendo vinho tinto.

Embora todos falem em inglês para serem educados comigo, eu mal compreendo o que estão dizendo. É só política e acontecimentos mundiais. Totalmente diferente de um grupo de amigos na Califórnia. Não consigo imaginar ninguém sequer *pensando* sobre questões globais, muito menos falando com inteligência sobre eles. A menos, é claro, que seja como o aquecimento global está fazendo todos os donos de carrões se sentirem culpados.

— O que você acha da China? — Cesare me pergunta. Meu coração dá um salto.

— Prefiro sua porcelana aos pratos de papel — respondo. Faz-se silêncio por um momento, então todos riem.

— *Americana* engraçada — diz Cesare. Eu rio também. Gosto disso. Eu sendo *eu*.

O jantar dura horas. O garçom não parece se importar com o fato de estarmos apenas sentados lá. Uma das garotas fuma um cigarro e ninguém surta por causa disso. Tem uma naturalidade no grupo típica de garotos que se conhecem a vida toda. E eles me aceitam totalmente. Não me sinto a "garota gorda". Sou apenas eu. Hayley. *Ayley*. A garota curvilínea com o rosto bonito.

Além do mais, a massa era de morrer.

Trinta e nove

Enzo e eu nos vemos quase todos os dias — e muitas noites — pelo resto do verão. Entramos facilmente no ritmo suave da Itália.

— Vou esperar você na fonte — diz Enzo sempre que sabe que vai ter folga.

Eu subo a escada para ajudar no café quando ele não tem.

No fim da tarde, fazemos longas caminhadas descendo a parte posterior de Assis, vamos de bicicleta até a vila próxima ou de Vespa até a cidade ao lado.

— Você sabe onde posso comprar uma camisa do jogador de futebol Francesco Totti para o meu irmão? — pergunto a Enzo.

Ele aponta.

— Ali, ali, ali. Totti é um herói. Você pode comprar em qualquer lugar!

Compro uma camisa para o meu irmão, uma travessa pintada à mão para minha mãe e uma garrafa de um ótimo vinho para o meu pai. Enquanto pago, vejo a tristeza nos olhos de Enzo e sinto o peso em meu coração. Ninguém compra lembrancinhas a menos que esteja se preparando para partir.

Tomando um espresso no fim da tarde, à noite durante a ceia ou mais tarde, depois de fazermos amor secretamente, Enzo e eu procuramos nos conhecer daquela forma condensada de quando se sabe que o tempo está se esgotando.

— Você se vê tomando conta do café no futuro? — pergunto um dia.

— Eu não vejo o futuro — responde Enzo. — Vejo este momento.

— Se você pudesse fazer um pedido, qual seria? — pergunto outro dia.

— Parar o tempo — diz ele.

— Se pudesse morar em qualquer lugar no mundo, onde seria?

— Bem aqui — responde Enzo. — Nos seus braços.

Ele não é nada parecido com nenhum outro garoto que já conheci. Pode ser a Itália ou pode ser Enzo, mas eu fico perplexa com sua franqueza. Quando perguntei por que ele não tentou me encontrar no dia seguinte ao que nos vimos pela primeira vez, ele disse: "Esperei para ter certeza de que você me queria também." Quando perguntei nervosamente se meu corpo era legal, ele respondeu: "Não. Ele é *perfeito*, porque é a sua única casa."

Como se deixa um cara assim? Como se embarca em um avião de volta para uma cidade onde ninguém sente que o seu corpo é a casa perfeita para você?

Nenhum de nós dois fala sobre a minha partida. Mas, à medida que os dias passam, os beijos de Enzo se tornam mais intensos. Minha mão aperta a dele à meia-noite, incapaz de soltá-la ou de deixá-lo.

— Grave na memória cada momento — digo a mim mesma. E é o que faço.

— *Benvenuto!* — diz Gino a Enzo quando este chega numa manhã quando estamos tomando café. — *Che cosa preferisce?*

— Eu já comi, *grazie* — responde ele. — Mas adoraria um café.

— Eu pego a xícara — oferece Gianna, levantando-se e correndo até a casa.

Enzo se senta e conversa com Gino em italiano. Patrice sorri para mim e beija o alto da cabeça de Taddeo. Termino meus *biscotti* e minha tigela de morangos frescos. Parece tudo tão natural que meu coração dói. Os De Luca receberam Enzo com tanta naturalidade quanto a mãe dele me recebeu. Não houve nenhum interrogatório, como haveria na mesa dos meus pais. Ninguém se importava se Enzo ia para a faculdade, se tinha boas notas ou se sabia que há 17 gramas de gordura em um hambúrguer de carne.

— Quero levar Ayley ao lago hoje — diz Enzo a Patrice. — Tudo bem se eu levá-la pelo dia todo?

— Romy e eu podemos ir? — pergunta Gianna com um gritinho, voltando da cozinha com uma xícara para o café de Enzo.

— Não — responde Patrice. — Nossa família vai outro dia. — Voltando-se para Enzo, Patrice diz: — Tome conta da nossa garota. — Então acrescenta: — Embora eu saiba que ela é capaz de se cuidar sozinha.

É início de setembro. O sol é mais dourado do que amarelo, o ar faz cócegas em minhas bochechas. Vou para casa em breve. É muito triste pensar nisso, portanto não penso. Recuso-me a deixar qualquer coisa arruinar nosso último dia no lago.

Nas sinuosas estradinhas rurais que levam ao lago Trasimeno, aperto com força a cintura de Enzo entre os braços. Ponho a mão debaixo de sua camisa e sinto o calor de sua pele. A cada respiração, tento memorizar o seu cheiro. Quero levar sua camisa para casa comigo, como um cachorrinho que dorme com as roupas do dono, para que eu não o esqueça. Mas como eu poderia? Como você esquece o garoto que fez com que você finalmente se tornasse você mesma?

Estacionamos a Vespa no topo da colina e descemos para o "nosso" lugar: o ponto em que demos nosso primeiro beijo. Silenciosamente, Enzo amassa a grama. Pega minha mão e delicadamente me puxa para o chão, ao lado dele. Juntos, à sombra da oliveira, acima do lago cintilante, nos entregamos um ao outro ali uma última vez.

— *Ti amo* — sussurra Enzo. Respiro fundo. Conheço aquela palavra da aula de latim.

Amare. Amo. Amas. Amat.

Amar. Eu amo. Tu amas. Ele ama.

— *Ti amo, anche* — digo.

Eu também amo você.

226

Quarenta

— Eu dizia, tipo, dê o *fora*. Ele dizia, tipo, venha *cá*.

— Chegue a limusine para a *frente*. Não estou pagando você para ainda ter de andar.

— Ponha a babá no telefone.

Los Angeles, depois de Assis, parece o jato de água fria de uma mangueira de incêndio. Eu me sentia anestesiada no avião. Agora, o clarão estridente do aeroporto me acorda.

— Peça a meu agente para ligar para o agente dele e marcar um almoço.

Todo mundo tem um celular pressionado contra a orelha. Os pedacinhos de conversas parecem alfinetadas em meu ouvido.

— Ele é o cara do nariz. O Dr. Tommy é o cara dos peitos.

— Hayley!

Minha mãe corre ao meu encontro na área de chegada do LAX.

— Você emagreceu! — grita ela. — Nosso plano funcionou! Vou pegar o próximo avião para a Itália!

— Bem-vinda ao lar, querida — diz papai, beijando minha testa.

— Você se lembrou da minha camisa do Totti? — pergunta Quinn atrás dele.

— Vai precisar de roupas novas para seu novo corpo — diz mamãe alegremente. — Quando podemos ir ao shopping juntas? Só nós, as garotas!

Minha família dispara perguntas sobre mim com tanta rapidez que eu mal tenho chance de responder. Mas, quando estamos no carro, parados no trânsito da Santa Monica Freeway, respirando a fumaça da descarga de uma fila interminável de veículos, começa a cair a ficha de que estou mesmo em casa.

Estou aqui.

Ele está lá.

Um país e um oceano entre nós.

— Como comemoração por sua primeira noite de volta — diz mamãe —, vamos comer uma pizza vegetariana na Domino's!

Minha mente se encontra em um turbilhão. É possível que eu tenha dado um beijo de boa-noite em Enzo na *noite passada*? Eu estava em Roma esta manhã?

Enzo não foi ao aeroporto comigo e com os De Luca.

— Quero me lembrar de você aqui — disse ele —, em Assis.

Era assim que eu queria me lembrar de mim também. Em minha torre com vista para a linda montanha. Minha cabeça descansando no peito cálido de Enzo.

Nós mal falamos em nossa última noite juntos. Promessas pareciam vazias, sussurros de amor doíam demais. Assim, deixamos nossos corpos falarem. Quando o sol nasceu, ele já havia ido embora. Sobre o seu travesseiro, uma única pétala de rosa do jardim de Patrice. Peguei-a na mão, inspirei seu aroma e me desmanchei em lágrimas. Isso é tudo que resta do garoto que amo? Será que algum dia vou ver Enzo de novo?

— Para você — dissera Taddeo no aeroporto, entregando-me o sapinho de que ele tão amorosamente cuidara durante todo o verão.

Meus olhos instantaneamente se encheram de lágrimas. Peguei o sapo nas mãos, sentindo seu batimento cardíaco disparado. Então levei o sapinho minúsculo ao ouvido.

— Ah, não — falei. — Ele só fala italiano!

Os De Luca riram. Devolvendo gentilmente o sapinho a Taddeo, eu lhe disse:

— Acho que ele quer ficar aqui. Este é o lar dele.

Feliz, Taddeo enfiou o sapinho de volta no bolso. Antes que pudéssemos dizer mais alguma coisa, o alto-falante anunciou meu voo. Era hora de dizer adeus.

— Ayley.

Patrice e Gino me abraçaram juntos.

— Agora você é da *famiglia* — disse Gino. Meu verão na Itália me permitia saber o quanto aquela afirmação era especial.

— *Grazie mille* — disse eu, abraçando ambos ainda mais forte.

Atrás de nós, Gianna parecia uma órfã. Estava sozinha, chorando. Fui até ela, dei-lhe um lenço de papel e perguntei:

— Você pode cuidar dos meus roxos na horta?

Ela fungou e assentiu.

— Você virá me visitar um dia?

Gianna deu de ombros levemente.

— Vamos procurar a casa de Britney juntas — acrescentei.

Contra a vontade, Gianna sorriu.

— Romy pode ir também?

— Não poderia ser de outro jeito.

Com beijos por toda a minha volta e um coração prestes a explodir, meu verão incrível chegou ao fim. Agora, estou aqui. Do outro lado do mundo. Comendo uma fatia de pizza da Domino's. Tentando explicar à minha família — minha família *de verdade* — como dez semanas em outro país podem mudar uma pessoa para sempre.

— Como é que Patrice está fisicamente? — pergunta mamãe.

— Linda — respondo. — Centrada e feliz.

— Ela conservou o corpo?

Lembro das fotos de Patrice e de mamãe na praia.

— Ela o trocou por um modelo mais prático — replico.

As sobrancelhas de mamãe se franzem.

— Como é que alguém pode manter o peso com toda aquela massa? — pergunta ela, pegando um buquezinho de brócolis de sua pizza e o mordiscando. Papai e Quinn brigam pelo último biscoitinho de queijo.

— Nós andamos muito — digo.

— O que quer dizer com *nós*? — zomba mamãe.

Minha mão voa até a boca. Dou uma risadinha nervosa e digo: "Opa!" Então, a mesma sensação de saudade que senti na Itália me invade. Meu coração dói pelo roxo da horta, pelas toalhas vermelhas no banheiro, pelo brilho laranja de Assis. Principalmente, sinto saudade daquele ponto macio cor de chocolate debaixo do queixo de Enzo, que amo beijar.

— Você está bem? — pergunta mamãe.

— Quem quer sorvete? — pergunta papai, esperançoso.

Quinn grita "Eu! Eu!" enquanto faço que sim com a cabeça para minha mãe. É mentira, claro. Não estou bem. Ainda não. Mas, pela primeira vez na vida, estou começando a compreender exatamente como me sinto, quem eu sou de fato. Não sou a garota gorda de pele branca que odeia o sol e a areia. Eu sou *Hayley*: triste às vezes, feliz a maior parte do tempo, com fome ocasionalmente, cheia de determinação e curvas, inteligente, engraçada e (finalmente!) capaz de sentir — *sentir* de verdade — um amor sincero, genuíno, profundo, autêntico e totalmente verdadeiro.

Sou eu mesma: a garota do rostinho bonito.

Quarenta e um

— Hayley! — Jackie me abraça com tanta força que eu me sinto como um tubo de pasta de dentes.

No dia seguinte à minha chegada, nos encontramos em um banco na praia. Ela chora e eu soluço, e ambas mal podem esperar para reviver o verão através dos olhos da melhor amiga.

— Você está incrível! — diz ela.

— Você também — digo, abraçando-a de volta.

— É verdade, então — diz ela.

— O quê?

— Perder a virgindade muda totalmente o seu corpo!

Eu rio.

— Cortar o fast-food e arrastar minha bunda por um morro imenso todos os dias também ajudaram.

Jackie funga com força.

— Este foi o verão mais longo da minha vida.

— O mais curto da minha — digo.

— Teve notícias dele? — pergunta ela, secando os olhos.

— Sim — digo —, mas ele não tem computador! Tenho de esperar que ele vá até o cibercafé na cidade! No meio da noite!

— *Hello!* Foi o que tive de fazer durante todo o verão!

Rimos. Nos abraçamos outra vez.

— Queria que Drew a visse agora — diz Jackie. — O queixo dele ia cair.

Drew. O som do nome de Drew Wyler envia uma sensação estranha pelo meu corpo: *nada*. Minha paixonite por Drew está tão distante quanto o lago Trasimeno. A única coisa que sinto agora é curiosidade.

— Como é que ele está? — pergunto. — E você?

Jackie suspira.

— Drew foi expulso da Pacific High.

— Não!

— Sim. A escola acabou descobrindo e ele vai fazer o último ano em Inglewood.

— Ah, não!

— Ah, sim.

— Você está muito deprimida? — pergunto à minha melhor amiga.

— Na verdade, não — diz ela. — Nunca tivemos nada sério. Ainda estou guardando minha virgindade para Wenty. Ou Worthy. Seja lá como vou chamá-lo. Se ao menos eu conseguisse que ele me ligasse...

Rimos novamente. De repente, percebo quanta falta senti de Jackie. Mas até este momento não me permiti sentir isso. Ela é parte da minha vida, assim como Enzo agora faz parte do meu coração.

— Prometa que nunca mais vai me abandonar — diz Jackie.

— Venha comigo da próxima vez — digo.

— Próxima vez?

— Sinceramente, Jackie, exceto por você, eu faria qualquer coisa para voltar.

— Você não pode ter a Itália com você *aqui*? — Ela aponta o meu coração.

— É o que Enzo diz — respondo. E torna a me doer a saudade dele.

Quarenta e dois

Namoro a longa distância é uma droga. Principalmente se a distância for de oito mil quilômetros. E o namoro for o seu primeiro, e fazer sexo for fazer *amor* de verdade, e você tiver certeza de que vai morrer se não puder beijá-lo nas próximas 24 horas.

"*Bella faccia*", Enzo escreve na mensagem instantânea.

Passei a amar estas duas palavras: rosto bonito. Ainda posso ouvir a voz dele, sentir sua respiração em meu ouvido.

"Estou aqui", escrevo. É uma da madrugada. Onde mais eu estaria?

"Quilômetros demais entre nós."

"*Sì.*"

"Quando você volta?"

Suspiro. As aulas recomeçam na semana seguinte. Último ano. Testes de aptidão. Inscrição na universidade. Trabalhos sobre a cor vermelha. Mamãe insistindo para que eu vá para a Promenade com ela.

— Tem uma liquidação na Abercrombie and Fitch! — diz ela, entusiasmada com o fato de que agora eles vão ter o meu número. Ontem foi o primeiro dia em que subi em minha balança falante. Pela primeira vez na vida gostei do que ouvi. Não alcancei minha meta de perder 15 quilos comendo menos de mil calorias por dia. Em vez disso, ganhei minha *alma* ao desacelerar, sentir o gosto de cada mordida, apreciar cada sabor e me exercitar mais do que uma curta caminhada até o carro.

Ainda sou cheinha, mas não sou mais gorda. Estou em minha casa perfeita.

"Não sei", escrevo para Enzo. "Quando você pode vir aqui?"

Do outro lado do oceano, ouço seu suspiro. Ele levou dois anos economizando para comprar a Vespa. A mãe dele também não tem muito dinheiro.

"Algum dia", digita Enzo.

"É", respondo. "Um dia."

Ainda posso ver Assis brilhando com sua luz dourada. Quando fecho os olhos, sinto o cheiro das flores, ouço o grito do falcão chamando sua companheira. Mergulho no espaço entre os dentes da frente de Enzo.

"Até eu ver você, Hayley", digita Enzo, "me guarde em seu coração."

Sua voz suave está em meus ouvidos: "Ayley, me guarde em seu coração."

"Você já está lá", escrevo.

"*Brava*", escreve ele de volta. "Estamos juntos para sempre agora."

Este livro foi composto na tipologia Sabon LT Std, em corpo 11/16, e impresso em papel off-white 80g/m² no Sistema Cameron da Divisão Gráfica da Distribuidora Record.